短編集

妻と行く城

目次

後悔

高校を卒業してまもなく、弘田康男は大阪府吹田市にある小さな化粧品の会社に勤めた。そもそもは大志を抱いて田舎から出てきたのだが、結局のところ一介のサラリーマンとして働くしかなかった。

そこは従業員百人ほどの中堅会社で、創業者でもある経営者はワンマン社長の典型のような人物だった。

その会社は、表向きは宝華堂という製薬会社の看板を掲げていたが、実際には女性化粧品の製造販売をするメーカーであった。一九七〇代当時、中に入ってみると家内制手工業《マニファクチャー》のような色合いが強く、製造部門では生え抜きの職人が昔ながらに手造りしているような地味な会社だった。

総務や研究部門には何人かの若い社員もいたが、百人近くいる従業員の大部分は包装ラインのパート女性が占めていてウーマンパワーが漲《みなぎ》っており、そういう意味では華やかで活気に満ちた職場であった。康男は業務上、週に一度くらいその部署を通り抜けることがあるのだが、割烹着のような全身真っ白のユニフォームを着た女性たちが何列もライン状に並んでいる様子は壮観であった。そこを通ると、全員の粘着質な視線を感じ、いつもたじろぐような思いをした。

その会社の販売ルートは店舗制ではなく、各地方にフランチャイズ契約をしているような販売員がいて、主に夜の女性を対象にしていた。

康男は、各地方に発送する倉庫要員の一人として配属されていたが、製品の種類は結構多く、製造部門は在庫のなくなったものから補充すべく順次製造していた。

化粧品といえば、オートメーション化された近代的プラントで製造しているように思われがちだが、実際には数人の職人がドラム缶をかき混ぜて造っていた。油性成分などの基本ベースと、それぞれの特徴の基になる配合成分、あとは水と香料だけでできているようなもので、小さな化粧瓶に詰め替えればドラム缶一つで何千本もできるという世界である。化粧品製造の経費はそのほとんどが人件費で、次に容器包装費が占め、化粧品そのものの原価はたかがしれている。そんなものを、世の女性たちは目の色変えて塗りたくっているのかと思うと滑稽ですらあるが、裏を知ってしまうと、どの世界もそんなものなのかもしれないと康男は思った。

そんな会社だったが、厚生面は意外と充実しており、スポーツや文化のサークルがいくつもあった。

軟式野球部もその一つで、康男もメンバーとして毎日のように野球を楽しんでいた。

地域主催の野球大会にも参加し、何度か優勝もした。優勝したりすると、機嫌が良い時の社長は、部員を家に呼んで自腹で祝賀会を開いてくれた。

「でかした、でかした！　さあ、お祝いや!!」

良くも悪くもワンマン社長、思い付きでも鶴の一声で豪勢なご馳走が並ぶ。取り巻きの人が言うように、ある意味人情味があるのか、社長宅の池の掃除に駆り出されても、チーム全員、そう嫌な顔もせず、ねじり鉢巻で駆けつけた。

康男はこれといった不満もなく、楽しく勤めてはいたが、ここにいること自体、元来の目的からは外れていると感じていた。そういう意味では、いつも満たされない思いがくすぶり続け、何かやり残したことがあるようで、喉に小骨が刺さったようなスッキリしないものを感じていた。

日常の業務の中では、時に同僚との確執も避けられなかった。

発送部門というのは、平たく言えば倉庫要員で、五十歳前後の係長と数人の社員で構成されていた。その中の一人はなぜだか係長より十歳くらい年上の人で、あとは四十代の人が数人おり、全員が家族持ちだった。その中で、康男一人がかけ離れた二十歳前の洟垂《はなた》れ小僧だった。

康男はまだ若く、世の中というものがよく分かっていなかった。

ある日、業務のあと時間外の棚卸しをやるというので、日常業務は早く終わったのに、みんなぶらぶらして就業時間が終わるのを待っている。康男は若気の至りで、そうした残業代欲しさのやり方に我慢ができず、係長に思わず言ってしまった。

「今からやれば、就業時間内に十分できるじゃないですか！」

康男だけ養う家族があるわけではなく、就業時間が過ぎれば軟式野球の練習に駆けつけていたから、このときも三々五々集まってくる部員たちの顔がちらついていた。

時間外業務となると、その部署全員が業務過多でなければ会社が認めないということもあり、一人でも抜けてしまうのは具合が悪い。周りの人たちも、若造とはいえ正論を言われると、なにも言えず、きまり悪そうにもじもじし、人の好い係長もあいだに挟まれて狼狽している。康男がもっと違った言い方をしていれば、同僚も、まだ世の中を知らない青二才だからと目を瞑《つむ》ってくれたかもしれないが、それ以来、〈この若造が……！〉と、幾分疎外されるようになった。

そんなもやもやした毎日を過ごしていた時、康男は地元にいた姉の勧めで出身地の四国へ帰り、医療技術職の専門学校を受験することになった。姉は足元の定まらない弟のことをいつも気にかけていて、この学校なら、大きな医療機関から人材として求められる仕事に就けるし、資格が必要になるという噂もあるから、今なら間に合うだろうということで、知らせてきたのである。

〈このまま倉庫要員で終わるわけにはいかない……〉

日頃からそう思っていた康男は、〝ここが人生の転換期〟という思いもあり、とりあえず挑戦してみようと帰郷した。もちろん自信はない。高校を卒業してすでに四年ものブランクがある。しかもその専門学校は国立大学に準ずるレベルで、競争率も高く、定員十名のところに六十人以上の応募があるという。

ところが、康男はダメでもともと……くらいのつもりだったのに、偶然、補欠合格した。発表を見ると十二名が合格していたので、二名の補欠のうちの一人に入ったということである。これはお情け合格で、自分はただ運が良かっただけなのだと康男は思った。

その専門学校は県立で、養成所という色合いが濃く、卒業後は「長く勤めてくれる男性」がほしいというのが本当の意向だったらしいのだが、試験をしてみると上位を占めるのは女性ばかり。苦肉の策として男を補欠で入学させたと思われた。

康男は、男性受験者の中で自分が選ばれたのは、四年間も社会経験をしたのち、改めて技術を身に付けたいと受験してきたことに、「真面目さ」と「意欲」を期待されたのが理由ではないかと思った。

康男が受験のため故郷に帰ったその前年、勤めていた化粧品会社に一人の青年が新しく入ってきていた。これまで小さな段ボール会社で働いていたという。

米山というその男は、康男と同い年か、ちょっと年下くらいの年齢で、スラリとした体型の垢抜けた男であった。初対面のとき、一度だけ自己紹介を兼ねてお互いの身の上話のようなものをしたが、彼は山陰出身の田舎者だと言うわりには、なにかスマートな雰囲気をもっていた。だが、本人自身がそれを意識しているようなキザっぽさがあり、康男はなんとなくいけ好かない印象をもっていた。

だがその一方で、妙に自分と同じ匂いがするところがあり、憎み切れない一面もあった。

ある日、米山は仕事が終わったあと、夜のミナミでアルバイトをしているのだと言った。大阪ミナミといえば夜の繁華街の代表のようなところである。ピンサロと呼ばれるキャバレー形式の店でボーイのようなことをしているという。

主役は当然ホステスだが、米山は店が終わった後のホステスとの絡みを、虚実ない交ぜにして自慢気に吹聴した。康男は初め無関心を装っていたが、どこか羨ましいという思いもあり、秘かに聞き耳を立てずにはいられなかった。

米山はそれを見越していたかのように、康男のほうをチラチラ見ながら、あえて周りに聞こえるように一層大きな声で話をした。彼の方にもどことなく康男のことを意識するようなところがあり、人が嫌がれば余計に言葉一つ付け足してダメ押しするようなところがあった。

だが、それで米山が満足しているのかといえば、そうばかりとも思えない面もあり、どこか翳《かげ》があるようでつかみどころがなく、一人物思いに耽《ふけ》っているところを目にすることもあった。肩肘張って悪ぶってはいるが、根は真面目で、本来の実直さを隠し切れない男でもあった。

康男が〝いけ好かない奴〟と思ったのは、なまじ自分と似たところがあるだけに、過度に意識し過ぎたのかもしれなかった。

米山は、康男からあまり良くは思われていないことを薄々感じているようだったが、かといって避けるわけでもなく、むしろ人懐っこく接してきた。康男も、血縁ではないが、弟のような庇護対象とでもいうのだろうか、時には苛立ちさえ覚えながらも、じゃれついてくる猫は蹴飛ばせないといったふうに受け入れざるを得ないものを感じていた。しかし米山とはそれ以上の付き合いが深まることもなく、康男の帰郷によってやがて記憶にもなくなった。

康男は四国に帰り、四年ぶりに学生となった。紆余曲折はあったが、幸運にも恵まれ、医療技術養成校の九期生になったのである。

その学校は、その街のシンボルでもある古城の麓、一部残っている堀に面した「堀之内」と呼ばれるところにあった。城の敷地内だけあって緑の木々に覆われ、街の中心部でありながら何種類もの小鳥が飛び交う閑静なところである。いくつかの公共施設があったのだが、当初その学校は、以前からあった県立衛生研究所の一部を間借りするような形で設立されていた。翌年、康男の在学中にその研究所は新しいビルに建て替わり、学校も堀之内から市街地へと移転した。

この学校は、戦後に誕生した検査技師を養成するためのものだった。

それまで、病院で患者の病名を診断する際、むろん検査は行われていたが、あくまでも医師の仕事のひとつという位置づけで、主に若手医師が担当していた。医療現場で病気を判断するのは、患者の訴える症状やようすから探るのが一般的で、検査はその診察結果を確認する補助的なものに過ぎなかった。

だが戦後まもない一九四八年、連合国軍総司令部（ＧＨＱ）の指示で国立病院に「研究検査科」が設置され、臨床検査がクローズアップされるようになった。これ以降、検査施設のある病院が続々と登場し、また、医学の発展で病名や検査方法が多様化し、高度化するのに伴い、臨床検査に関する豊富な知識と技術を持つ専門家が求められるようになった。そして、一九五八年に国家試験ができたのだった。

入学はしたものの、康男は決して優秀な生徒ではなかった。成績はいつも最下位で、期待してくれた人たちを落胆させていた。一度社会に出ていたため、怠惰で要領だけが良く、むしろ年下の学生たちに悪影響を及ぼした可能性すらある。

やがて最終学年を迎え、いよいよ国家試験を受けることになった。康男は九期生だが、開校以来、未だかつて国家試験に落ちた生徒はいないのだという。最初の一人になるわけにはいかない。後々、不名誉な名が残ってしまう。

康男は猛烈に勉強した。夏休み以降、春先までの数カ月、ほとんど寝ずに頑張った。四〜五センチの厚さはあろうかという十科目以上の教科書を、何回も何回も精読した。学校での成績はいつも最下位だったが、国家試験は同級生の中でトップ合格した自信がある。国家試験なので内容が公表されることはないが、試験後のお互いの答え合わせで康男はそのことを確信したのである。

男は一生のあいだに、必ず何度かは死に物狂いで頑張らなければならない時がある。その一つがこの時ではなかったかと、のちに康男は思った。普段はだらけていてもいい。いつも張り詰めている必要はない。要所、要所を踏ん張ればなんとかなるものである。むしろ、いつも張り詰めているゴムはすぐ朽ちる。

その学生であった数年間、康男はアルバイトにも励んだ。四年ものブランクのあと入った学校なので、学費をすべて親に頼るわけにはいかない。学校では授業料などは免除されたが、教科書代や生活費は必要なので、できるだけアルバイトで凌ぐことにした。バイト先は軽食喫茶の店で、康男は厨房の見習いになった。そこには神《じん》さんこと、神野《じんの》という本職のシェフがいていろいろ教えてくれ、何もできない康男だったが、いつも可愛がってくれた。

康男はいつものように厨房に入っていた。

その日は夕方から雨模様で、外のアスファルトに水が浮いているのだろうか、向かいの店の灯りが反射している。その映った灯りが振動しているように見えるのは雨脚がかなり強いせいで、客足もまばらである。

午後八時を過ぎたころ、蝙蝠《こうもり》傘一本をぶら下げて店にやってきた男がいた。

康男は、訪ねてきた人がいるからと呼ばれ、厨房から店に行くと、そこで待っていたのはほとんど忘れてしまっていた米山であった。荷物も持たず、身なり格好からしても旅行中という感じではない。近所の喫茶店にフラッと入ってきたといった感じだった。

思いがけなかったが、いくぶんか懐かしさもあり、厨房から出て達夫のそばに行き、なぜこの街に来たのかを尋ねると、康男に会いにきたのだという。

「えっ、そのために大阪から来たの？」

米山はコーヒーだけを注文し、微笑んでいるだけで何も言わない。

何を思って、どういう理由でここに来たのか一度は聞いてみたが、やっぱり何も言わないので、康男もそれ以上詮索しなかった。お互い、それなりの年齢なのだから、根掘り葉掘り聞くのも野暮である。むしろ康男は気を回し、この後どうするのかも尋ねなかった。だが、わざわざ自分に会いにきたのなら、少しは自分の近況くらい話すべきかと思い、もう国家試験にも合格したので、近々病院に就職することになると思うと言った。

米山は、康男が話しているあいだ黙ってコーヒーを飲んでいたが、飲み終えると、「じゃあ……」と言って立ち上がり、支払いを済ませると、会釈したのか頷いたのか分からないくらいの所作をして店を出ていった。

康男は仕事の途中でもあり、さほど気に留めることもなく見送った。

〈誰かこちらに知り合いでもいるのかもしれない。この後も何か予定があるのだろう〉

康男は、なぜ自分を訪ねてきたのかなど深くは考えなかった。どうせ時間つぶしに寄ったのだろうと、その程度にしか思わなかった。

何事もなかったかのように閉店を迎え、康男はいつものように、一緒に帰る〝彼女〟を待って店を出た。シェフの神さんが取り持ってくれた十九歳のこの女の子も、自分と同じ方向に帰ることが分かり、いつしかバイトの後、一緒に帰るのが常となっていた。

仕事が終わって帰る夜道は、二人ともデート気分も加わり、充足感と解き放たれたような気持ちに満たされていた。途中、夜の公園も横切っていく。康男はボディーガードにでもなったようなつもりで歩いていた。

そのとき、康男は米山が訪ねてきたことなどすっかり忘れていたのに、歩きながら、なぜかふと思い出した。

〈……それにしても、米山は何をしに来たのだろう〉

遠く離れた大阪から、康男のいるところをわざわざ探してやってきたようだったが、ただの時間つぶしだけでバイト先まで調べてきたりするだろうか……。


数カ月が過ぎ、以前の職場で同僚だった人から米山が亡くなったことを聞かされた。

一瞬、康男は、瞼の裏に閃光が走り、目の前が真っ白になった。後頭部を殴られたような気がした。米山は、生まれ故郷に近い日本海の、断崖に続く砂浜に打ち上げられていたのだという。犯罪の要素は見当たらず、自殺だったということである。

康男は元同僚に理由を聞いたが、彼も詳しいことは知らないと言う。

〈なんで自殺なんか……〉

すでにあの時、その覚悟を決めていたのだろうか。そういえば、いつものあの女たらしのような米山とはどことなく違った印象を受けた。僕に無言の別れを告げに来たのだろうか。最後に、なぜ僕に会いたいと思ったのだろう。僕に何か言いたいことでもあったのだろうか。何か助けを求めていたのだろうか……。最後に会いに来たりしていたら、気になって仕方ない。

その時の彼の心情を思うと、どうにもやるせない。康男は米山のことが頭から離れなくなった。蝙蝠傘一本をぶら下げた後ろ姿が瞼の裏で彷徨っている。

二年前、康男は四国へと帰ってきたが、あのあと米山は大阪でどうしていたのだろう。まだあの会社に勤めていたんだろうか。

米山は山陰の出身だと言っていた。一度訪ねてみようか。両親は健在なのか、きょうだいはいるんだろうか。どうして大阪に出てくることになり、どうして自殺などすることになったのか、そして、どうして故郷の海で死んだのか、その場所に何か意味でもあるのか、考えれば考えるほど彼が憐れに思えてくる。

〈国家試験も終わったことだし、一度彼の故郷を訪ねてみようか……！〉

思い立ってはみたが、その糸口さえ掴めない。

まずは元の会社に行ってみよう。唯一米山との繋がりといえば、あの元の職場しかない。康男は、自殺した理由もさることながら、最後になぜ自分に会いにきたのか、それを知りたいと思った。

しかしそれは、もう彼がいない今、どこに誰を訪ねても分からないかもしれない。もしあの晩、膝を交えて話していればそのわけを話してくれただろうか。

考えれば考えるほど、疑問と自責の念が湧き上がってくるのだった。

康男は二年前まで勤めていた製薬会社、宝華堂を訪ねた。

総務を訪ねると、当時野球部で親しくしていた浅野という先輩が「係長」の卓上名札が置かれた机に座っていた。当時、役職には就いていなかったから二年のあいだに昇進したということらしい。

「ご無沙汰してます」

康男が挨拶すると、

「久しぶりやなア、元気にしてたか」

と、浅野は相好を崩したが、康男がこちらに来た理由を尋ね、

「はい。……実は今日お邪魔したのは、ほかでもない米山君のことで……」

と答えると、浅野も眉を曇らせ、

「驚いたやろ？　我々も青天の霹靂《へきれき》でなあ。あとの処置に右往左往したというのが正直なところなんや」という。

康男は頷くことで返事をし、続けて言った。

「ということは、米山君はずっとこちらに勤めていたということなんですね？」

「一応そういうことになるかな」

その当時、会社では、発酵、醸造部門への進出が計画されており、彼は社長の知り合いだという酒造会社に見習いも兼ねて出向していたのだそうだ。年齢的にも将来性のある米山が選ばれたということだったらしい。

〈チャンスが巡ってきた！〉

本人はそう思い、周りも応援していたのだそうだが、どういう理由なのか、その話はいつのまにか立ち消えになり、最近になって元の部署に戻っていたのだという。

だから浅野は〝一応〟と言ったらしい。

「そればかりでなく、個人的にもいろいろあったらしいんやが、確かなことは分からんのや」

「そうだったんですか……」

康男は、ここを訪ねることになった一連のわけを、順を追って説明した。

「特別深い付き合いがあったわけでもなく、彼も何も言わずに帰っていったので、時間つぶしにでも寄ってくれたのかなあ、くらいにしか思わなかったんです。でも、わざわざ訪ねてくれたわけですし、今になって考えれば、もう少し深く思いを馳せていたらと悔やんでるんです」

康雄は、最後に会いにきてくれた彼を不憫に思ったのと、なぜ僕のことが頭に浮かんだのかそのわけが知りたくて、彼の故郷を訪ねてみようと思ったと、正直に心情を語った。

「とは言っても、何一つ手掛かりがあるわけじゃなく、こちらへ伺えば何かわかるかと思い、お邪魔した次第です」

浅野は頷きながら、職員紹介を特集している社内誌と、保管されていた入社時の履歴書を出してきてくれた。

履歴書には兵庫県T市の出身とあり、中学まではこの町にいて、高校は別の町に行ったようだ。確かこの町は城崎《きのさき》温泉に近い、日本海側にあったと記憶している。

そして名前は「米山達夫」となっている。

〈そうか。達夫というのか〉

初めて知った。

家族構成は両親と姉妹の五人家族となっている。社内誌によると両親は共に教師だとある。

こちらの会社では、そういった履歴的なことしか分からないというが、出身地の住所が分かっただけでもよしとしなければならない。

〈あとは、直に訪ねて聞かなければ詳しいことはわからないだろうから、まずは、実家のある故郷を訪ねてみることにしよう〉

康男は浅野に礼を言い、会社をあとにした。

最初に中学校を訪ねた。高校より実家も近いことだし、範囲が狭まって情報も得やすいだろうと考えたのである。

達夫が亡くなった話はすでにその地域には広がっているようで、当時の担任の教師が応対してくれた。康夫は、ここを訪ねてきたいきさつを話し、中学時代の達夫のことを聞いた。

「何をやらせても優秀で、すべてでトップクラスでした。優秀な成績で卒業して、県立T岡高校へ進学しましたが、T岡高校は県内有数の進学校で誰でもが入れるわけではなく、彼の将来は明るいと誰もがそう思っていました」

「ご両親は健在なんですか？」

二人とも健在だということである。

だがそれが分かっても、康男はあえて両親には会わなかった。尋常な亡くなり方ではない。家族にしてみれば、見知らぬ男があれこれ聞いて回っているのは快く思わないだろうし、なにより礼に反する。康男は、両親が気の毒で顔を合わせられなかった。

しかし、せっかく来たのだからと思い直して近所までは行き、近くの人に話を聞くと、両親は教育熱心で地元の人の信頼も得ているらしい。特に母親は彼を溺愛し、優秀な彼に大きな期待を寄せていたという。


達夫は高校に進むと、周りはみな優秀で成績は見る見る下がっていき、徐々に意欲をなくしていった。その上、追い打ちをかけるように、初恋相手の心変わりでつらい失恋も味わった。成績にしろ失恋にしろ、初めての挫折であった。

達夫は失敗を恐れるあまり、徐々に安全な道ばかりを選び、不確かなものを極力避けるようになっていった。いつも自信なげにおどおどした態度が見られるようになり、なにかに果敢にチャレンジしようとする積極性もない、引っ込み思案な性格に変わっていった。

自尊心が強く、自己顕示欲があるのに消極的。協調性のある個人主義、目立ちたいのに引っ込み思案……。子どものころからの賞賛にこだわり、かえってそれを自暴自棄の言い訳にするような、ひねくれた性格へと次第に変わっていった。

そしてこのことは、達夫の人生において、世間に対する考え方にも大いに影響していった。

まさにこれを悪循環というのだろう。達夫は成績が下がるにつれ、ますます意欲をなくしていった。

もともとが、途中からでも巻き返すといったような性格ではなかった。完璧主義が仇になるとでもいおうか、すべてが順調にいっている時はとてつもなく能力を発揮するが、一つ躓《つまず》くとやる気を失い、投げ出してしまう。その一方で、こんなはずではなかった、このままではダメだという気持ちは人一倍強く、いつも悶々としていたが、達夫の成績は今からどうこうできる段階ではない。

ある晩、達夫は両親に、

「大学受験はしない！　大阪かどこかへ出て、もう一度すべてをやり直してみる。生活も、どこかへ勤めて自分でやってみたい」

と宣言した。両親は驚愕し、ともあれ行き当たりばったりではどうしようもない、勤め先を決めてから行くようにと説得した。

達夫は、遠縁にあたる人がやっている段ボール会社にひとまず落ち着いた。

しばらくは独りでいろいろ勉強してみたがうまくいかず、今度は大学の夜間部に行くことにした。

しかしここも、こちらの都合のいい時からいつでも行けるわけではない。達夫は翌年の春を待って、K大学の夜間部を受験することにした。向学心といえば聞こえはいいが、達夫はいつも自分の理想と現実のギャップに思い悩んでいた。

やがて達夫は段ボール会社を辞め、大学により近いという理由で宝華堂へ転職した。

達夫の最大の欠点は、理想を掲げていろいろ手掛けるのはいいが、少しでも思っていたことと違えば、すぐにやる気をなくすことだった。大学も思っていた内容とは少し違っていた。転職後もしばらくは大学に通っていたが、やがてその足も徐々に遠のいていった。

いつしか除籍処分となったのであろう、授業料の請求も来なくなった。

達夫は昼間の宝華堂の仕事は続けながら、空いた時間に夜のミナミでアルバイトを始めた。女性の華やかさに彩られた夜の世界は、達夫を惑わせるに十分だった。夜の世界には希望や欲望、不条理や可能性、世の中の裏にあるドロドロした人間関係、ありとあらゆる渇望が渦巻いていた。

やっぱり世の中そんなに甘くはない。夜には夜の社会があった。

達夫がアルバイトとして勤めていた同じ店に、有紀というおとなしくて可愛い女性がいた。年齢は達夫と同じくらいで、次の誕生日がくれば二十歳になるのだという。

一年前に九州から出てきたという有紀は、最初会社勤めをしていたが、スカウトされてこの世界に入ったという。ホステスはしているが、なぜかどっぷりとは浸かりきれない、どこか初々しさを残したような女性であった。

地方出身者でありながら、どこか都会的でスマートな雰囲気を持っていた二人は、お互い感じるものがあって少しずつ引かれていき、徐々に気になる存在になっていた。

ある日の休憩時、更衣室の前でたまたま二人っきりになった時、達夫は思い切って話しかけた。

「今夜、終わったあと食事にでも行かない？　時々行くなじみの屋台があるんだ。ラーメンもなかなかいけるよ！」

有紀は一瞬〈どうしようかな〉という表情をしたが、

「じゃあ、お店の右手にある本屋さんの中で待ってて。多分私の方が遅くなるから……」

待ち合わせて、二人は達夫のいう屋台に入った。

「君も飲む？」

達夫はビールを勧めた。達夫はすでに二十歳を過ぎており、酒も飲める年齢になっていた。

「私はいらない。ラーメンだけでいい」

有紀は美味しそうにラーメンを啜っている。

達夫は、ビールを飲みながら有紀に聞いた。

「さっき誘ったとき一瞬困ったような顔したよね。誘って悪かった？」

「ううん、全然！　突然だったからびっくりしたの。それと、実はある人に誘われてたんだけど、ちょっと用ができたからって断っちゃった！」

そう言って有紀は小っちゃな舌をペロッと出した。達夫は嬉しくなって、意味もなく何度も髪をかき上げた。

有紀は一人で部屋を借りているという。

「いつか遊びに行っていい？」という言葉の後、「今から寄ってく？」という返事を達夫は期待したが、「うん、いつかネ」と有紀に軽く拒否された。だが達夫は、かえって好感をもった。


それからの達夫は心がうきうきして、口笛でも吹きたいほどだった。大学のことなどもう完全に忘れてしまっている。昼間の仕事も続けてはいたが、頭の中は夜のアルバイト、というより、有紀のことでいっぱいだった。

やがて達夫は有紀の部屋に出入りするようになり、いつのまにか同棲するようになった。大家さんに知れると契約違反で退居させられるかもしれない、と有紀が言うので、達夫が断りを入れに行ったところ、大家は達夫が気に入ったのか、家賃は今までどおりでいいという。

「こんなふうに言ってきてくれる人のほうが少ない」らしく、

「むしろ、そういう正直な人が住んでくれるほうがいい」と言われた。

達夫は朝、そこから会社へ出勤し、夕方部屋に戻って、また夜の店に出かける。その時間にはもう有紀は店に出ていて、二人は知らんふりして仕事をし、また銘々同じところに帰ってくる。

そんな生活が二年ほど続いた。

有紀も二十二歳になり、いつしか二人の将来を考えるようになった。

男と女の違いかもしれない。何も感じない達夫は、相変わらずのんびりとした日々を送っていた。

しかし、はた目には呑気そうに見えていたかもしれないが、達夫は達夫で自分の将来を考えないわけではなかった。いつもの性格から、やっぱりこれではいけない、自分の進む道はこれではなかった、このままでは啖呵を切って出てきた田舎へも帰れない、ましてや今では有紀への責任もあり、面子もある。達夫はますます追い込まれたような気持ちになっていた。

有紀は達夫にずっと夢をかけていた。彼は一流大学を目指して大阪に出てきたと言った。名の知られた名門高校も卒業している。確かに、何か可能性をもった人だとは思うのだが、最近の達夫にはそのような覇気が感じられない。

なんでも一朝一夕に成るものではないが、せめて一歩ずつでもいい、前へと進む意欲を見せてほしい。もし目的は達せられなくても、その姿を見せてくれれば私はこの人についていける。有紀は、理想だけ掲げて何もしようとしない達夫に苛立ちを覚え始めていた。

達夫もけっして現状に甘んじていたわけではないのだが、かといってどうすることもできない自分に苛立っていた。

思い起こせば、以前、化粧品メーカーの同僚で、自分と同じように鬱屈したものを抱えていた弘田康男という同年代の男がいた。直接的に聞いたことはなかったが、「倉庫係で終わりたくない」という溢れ出んばかりの焦燥感を身体から滲ませていた。康男も自分と同じような悩みを抱え、同じように苦しんでいると思っていたのに、彼は自分の未来を切り拓くべく四国へ帰っていき、希望に満ちて新しい世界へと飛びこんでいった。

そして、ここに何もできない自分がいる。とことんツキのない男だと思う。思いながら〝ツキ〟のせいにする自分にまた一層愛想を尽かし、達夫は落ち込むのだった。

「達夫は将来のこと、どう思ってる？」

ある日、有紀は背中越しに呟くように聞いてみた。

達夫は「どうって、別に」と、はぐらかすように言う。そして話の鉾先を変えるように、前夜の店の中での有紀の嬌態を、嫉妬まじりの非難がましいことばであれこれあげつらい、逆襲した。

二人の気持ちは次第に噛み合わなくなっていた。

有紀に言われるまでもなく、達夫は自分の将来を思い悩んではいた。しかし核心を突かれると素直になれない。親に注意された子どもがへそを曲げて言う常套句のように、「今やろうと思ってたのに……」という思いが反発心となって有紀に向かう。達夫には、そんな大人になり切っていないところがあった。

〈何か思い切ったことを始めない限り、どうすることもできない。だが〝思い切ったこと〟など、そう簡単に見つかるものでもない。康男にはたまたま幸運が巡ってきただけなんだ……〉

達夫は、また自分に言い訳をした。


「私、九州に帰ることにした」

ある日、有紀は独り言とも宣告ともつかない口調で呟いた。大阪での暮らしが嫌になったわけではない。これも達夫への愛のムチのつもりだった。いろいろ言ってはみたが、達夫が将来に思い悩んでいることは、有紀も十分知っている。達夫はいつも自分のことで精いっぱいである。有紀はこれ以上、達夫の気持ちに負担をかけたくなかった。

「九州に帰って何するの？」

達夫も愚直である。一瞬軽くなった気持ちが、ごく普通の言葉を出させてしまった。有紀が達夫のことを思って一大決心したなどとは夢にも思っていない。

「それは今から考える。生まれ故郷だからなんとでもなる。友達もいるし……」

有紀は努めて明るく言った。

達夫は再び一人になる。

「せめて連絡先だけでも教えておいてほしいな」

相変わらず能天気である。

〈そんなことをしたら、達夫はまた私を追ってくる。それでは別れる意味がない〉

有紀の目に、真意を分かってもらえない悔やし涙が滲んできた。

〈やっぱり達夫は子どもだ。まだ私の都合で帰るんだと思い込んでる〉


一人になった達夫はさすがに自分の将来を真剣に考え始めた。

とりあえず夜のアルバイトはやめよう。そして何か新しいことに挑戦してみよう……。そのためには、まず自分を心身ともに鍛え直さなければ。

突拍子もなく、達夫は空手道場に入門した。子どものころ父母と通った教会も覗いたりして、心身ともに自己改革を試みようとした。頭の隅にはいつも有紀のことがあり、今どうしているのか、故郷でうまくやっているのかどうか気になっていた。だが、有紀からの連絡は一切ない。

有紀には愛想を尽かされたが、今からでもやり直せそうな気がする。有紀が困った状況にあれば、今すぐにでも飛んでいって助けてやりたい気持ちだったが、その実、達夫は自分のことで精いっぱいというありさまだった。

有紀のために、まずは自分の将来を切り開かなければならない。そして、晴れて有紀を迎えにいこう。

あれこれ勇気は湧き上がってくるのだが、我に返るといつも現実が待っていた。

そんな堂々巡りの日々が続いていたある休日、達夫が繁華街を歩いていると、同郷の先輩にあたる山根人志《やまねひとし》にバッタリ出くわした。

彼は二歳年上で、高校は違っていたが、たまたま住んでいた下宿が近所だったことから、話をしたり遊んだりした間柄だった。彼は高校を卒業すると大阪に出て事業に成功し、羽振り良くやっているというもっぱらの噂であったが、確かに、三つ揃いのスーツを着て颯爽と歩いていた。

「先輩、お久し振りです！」

「おう、米山か。久し振りやな」

声を掛けた達夫には、懐かしさや偶然の出会いを喜ぶというより、なにか成功にあやかろうといった不純な思いがあり、どんなことでもいい、きっかけが欲しいという気持ちで近づいていった。

「先輩、景気良さそうですね！　僕も何か始めたいと思っているんですが、良かったら相談に乗ってくれませんか」

山根は達夫を頭のてっぺんから足の爪先までじろっと見下ろした。うまくいっていないことは、その格好や、隠しても自然と滲み出てくる心の荒《すさ》みようや憔悴ぶりで、なんとなく分かる。山根はそつなく挨拶を返しながらも、「ちょっと今日は、急ぎの用があるから」と連絡先だけを教え合い、その日は別れた。


十日ほど経って、山根から連絡があった。一度会って話したいという。

達夫が指定された喫茶店に入っていくと、彼はすでに来ていて、奥まった二人掛けの席でコーヒーを啜っていたが、達夫の姿に気が付くと、手を上げて合図した。達夫が笑顔で向かいの席に腰を下ろすと、彼は大きな声で達夫の分のコーヒーを注文した。

「いやいや、この前は済まなかった。何か相談したいことがあるって言ってたが、今は何してるんだ？　お前は優秀だったから一流大学へ行ってるとばかり思ってたよ」

「一応、小さな会社に勤めてはいるんですが、このままそこにいるつもりはなくて……。先日先輩に会って、その気持ちが一層強くなりました。勝手な言い分ですが、僕も先輩の力を借りて何かやってみたいんです」

「そういうことかなとは思ってたよ」

山根は苦笑でもするように薄笑いを浮かべた。

「実は、今やってる事業を拡大させたいと思って、関連事業の下請け会社を立ち上げようかと共同事業者を探してるんだ。共同経営だから、資本金は半分出してもらうことになるが、お前にその気があるんなら、お互い気心も知れていることだし、どうかなと思って」

達夫が、どんな会社かと聞くと、

「早く言えばリサイクル会社だ。今、リサイクルショップは景気が好くていくらでも売れるんだが、商品の調達のほうが間に合わないから、調達専門の会社をつくろうかと思ってな」

ノウハウは、その道に精通した者がおり、軌道に乗るまではその社員を付けることにするから、その点は心配いらない、問題は資金の準備ができるかどうかだという。

「具体的にはどうすればいいんですか？　その額はいくらくらいなんですか？」

「一応、資本金は一千万くらいを考えてる。それを超えると、法的に不利な面が出てくるっていうのもあるしな。だから、共同出資の額はその半分の五百万ってことになる。もし自己資金がなければ、どこかで融資してもらうことになるが」

会社起業に資金が必要なことは、世間知らずの達夫にもわかっている。だが達夫は、株式会社を設立するのに一千万円の資本金が必要だということを聞き、内心驚いた。

「わかりました。少し考えさせてください。急に五百万といわれても、自分は持ってないんで……」

達夫は、借りるにしても親には言えないし、ほかに借りるあてもないと、がっかりした。

「そりゃそうだよ！　じっくり考えて、また連絡してくれ。もし、やるって気持ちになって金を借りるんなら、いつでも知り合いを紹介するから」

山根は気を悪くしたようすも見せず、自分のもっているクルマや高級マンションの自慢をして帰っていった。


達夫はずっと考えていたが、頭の中は〝とにかく何か思い切ったことをしなければ〟という思いに取り憑《つ》かれ、冷静な判断ができなくなっていた。

数週間が過ぎ、今度は自分のほうから連絡を取った。

「先輩、先日の話、ぜひともやらせてください！　と言っても、自己資金はないんで、先輩の言われた融資してくれるところを紹介してください」

達夫は、山根が以前から取引があるという金融業者から五百万円の融資を受けた。

「申請時に資本金が必要なので、とりあえずは俺の口座に振り込んでくれ。俺の五百万と合わせて一千万を資本金にするから」

申請した時点で口座に資本金用の現金がなければならない、というので、達夫は彼の言う通り、融資を受けた五百万円を山根名義の口座に振り込んだ。まずは代表者名義で起業の申請をし、後日、法人名義に書き換えるという。

〈これで、うまくいけば自分にも未来が開けてくる！〉

達夫は成功した自分を想像し、希望溢れるような爽やかな気持ちでいっぱいだった。

申請が通って具体化してくれれば連絡するから、しばらく待っていてくれという山根の言葉に、達夫は何一つ疑問を感じることなく、連絡が来るのを待っていた。

しかし、一週間が十日、二週間が一カ月になっても山根からの連絡はない。

その代わりとでもいうように、ローン会社から返済予定明細書が送られてきた。契約内容と共に月々の返済額が記されている。そして、返済期間は十年とある。

達夫はその金額を見て、初めて状況を認識させられた。

達夫の給料はたかだか五万円ほどなのに、返済額はそのほとんどをもっていくに等しい。夜のバイトも辞めてしまったので、給料の中から借金を返すことになれば、とうてい生活することなどできるはずがなかった。

今にして思えば、担保も何も持たない若造に五百万もの融資をしてくれること自体、おかしかったのだ。

とにかく山根に連絡をつけようと試みたが、電話番号はすでに使われていなかった。その後も連絡はつかず、不安は現実のものとなってきた。

思えば、電話番号以外、山根人志の情報は何もない。迂闊《うかつ》にも現在住んでいる所さえ聞いていない。

田舎に残っている友人にそれとなく聞いてみたが、彼の実家は皆が散り散りバラバラで、家もないらしい。だが、もし家族がいたとしても取り合ってはくれないだろう。

達夫は現実が明らかになるにつれ、身の毛がよだつようであった。

実入りのいい職に替わろうにも、これという技術も学歴もない達夫に、今より良い勤め口などあるはずもない。

八方塞がりの達夫は、後悔してもしきれない自分の愚かさに、叫び出したいほどだった。

やがて、達夫は誰にも告げず、身の回り品だけを持ってふらりと旅に出た。

この時点で助けを請うとすれば、もう両親しかいない。意地でも親には頭を下げたくなかったが、助けてもらうのなら、もう恥とか面子《めんつ》とかいっている場合ではない。

だが達夫には、もう周りは何も見えなくなっていた。そして、覚悟のようなものを決めていた。自暴自棄になっていたわけでは決してなく、せめてこれまでの自分の人生の総括をしておきたいという気持ちだった。そして両親や姉妹に、一方通行にはなるが、謝っておかなければならないとも思っていた。


なぜだかわからないが、ふと昔の同僚だった弘田康男のことが思い出されてきた。いや、思い出されたというより、いつも心の底にあったものが達夫の意識として浮かび上がってきたといった感じだった。

いつも近くに存在していたような気がする、もう一人の自分……。

どことなく同じ悩みを抱えているような気がして親しみを覚え、なぜか他人のような気がしなかった。〈こんな兄貴がいればいいのに〉と思ったこともある。

技術系の専門学校へ行くとかで故郷の四国へ帰ったはずだが、今はどうしているのだろう。自分は康男に何か助けを求めているわけではないし、たとえ求めたところで、どうこうしてくれるとも思ってはいない。ただ、康男の今の様子を知りたい、もう一度顔を見たいと思うと、矢も楯もたまらず、どうしても会っておかなければという気がした。

そしてあの日、達夫はふらりと店に立ち寄った。


康男は、達夫の生まれ故郷に来て数人の関係者に話は聞いたが、結局達夫が死を選んだ理由の核心は得られなかったし、なぜ自分に会いに来たのかも、分からなかった。

日本海の近くまで来て海に向かって静かに手を合わせた康男は、明日、山陰を立とうと心に決めた。

そのとき、先ほど会った中学のときの担任が、達夫の墓がある寺を教えてくれたのを思い出した。もうこれといって訪ねる人もいないし、せっかく教えてくれたのだから、せめて墓参りをして帰ろうと、康男はその寺を訪れることにした。


小さな寺ではあったが、住職がいたので墓の場所を訪ねると、墓地の方を指しながらていねいに教えてくれた。

康男がその方向に歩いていくと、五十代くらいの女性が佇んでいる。近づいた康男がふとその女性の傍らにある墓石を見ると、「米山家之墓」とある。康男が「あ」と小さな声を上げると、その女性は「弘田さんですね」と言った。康男が頷くと、「達夫の母です」と言って深々と頭を下げた。教師から連絡をもらった母親は、康男が来るのをここで待っていたらしい。

達夫の母は、康男が焼香するのを見届けると、達夫が命を絶ったいきさつをすべて話してくれた。大阪のアパートに残っていた手紙類から達夫が多額の借金をしていたことを知り、達夫を騙した山根人志は他にも詐欺を働いて警察につかまり、達夫も被害者の一人だと分かったのだという。

康男は、おそらくそういう金絡みのことだったのだろうとは思っていたが、直に母親からそのことを聞かされると〈やはり……〉と納得する思いがあった。

また達夫の母は、アパートの大家さんから、達夫と一緒に住んでいた女性もいたが、どうも別れたようだという話も聞いた、と付け加えた。

だが、達夫が康男に会いに四国へ行ったことは知らなかったようで、むしろ母親は達夫の最後のようすを聞きたかったらしい。

「それが僕にも、誰に聞いて、どういう道筋を辿って僕のバイト先まで知ったのか、今でも分からないんです。それに……」

訪ねて来た理由はなんだったのか、何か言いたいことがあったのか、何か助けてほしいことでもあったのか、何も言わなかったものですからと、康男は小さな声で答えた。さすがに、達夫とろくに話もせず、なぜ来たのか大して気にも留めなかったとは、親の前で言えなかった。

「そうですか」

達夫の母は幾分落胆したかのように見えたが、わざわざ達夫のために来てくれたことの方が嬉しかったのか、何度も康男に礼を言った。康男は「いえ……」と手を振ったが、礼など言われるとかえっていたたまれない気持ちになり、「では、お元気で」と挨拶をすると、逃げるようにその場を去った。


康男は翌日の朝、山陰本線の列車に乗った。昨夜はあまり眠れなかった。やはり達夫の死の原因はショックだった。

康男は列車の振動に身を委ねながら、達夫が会いにきたときのことを思い出さずにはいられなかった。

達夫が会いに来たときの自分は、国家試験に合格し、必要単位も取得して毎日が充実し、希望に満ち溢れていた。バイトも順調で、そこで出会った女性と付き合いを始め、将来を約束するまでになっていたから、自分の将来には燦々と明るい朝日が差しているようだった。達夫に詳しく話したわけではなかったが、まばゆさに目を細めながらも、出てくる笑顔を隠しきれない――そんな自分のようすを見て達夫はどう受け取っただろう。より大きく感じた自分との差に、予想以上のショックを受けたのではないだろうか。

達夫は、はっきりとした目的があって康男に会いに来たわけではなかったような気がする。ただ、なんとなく会ってみたかった、顔を見たかった、自分の顔も見てほしかった、それだけだったかもしれない。康男なら何も言わなくても自分のことを分かってくれそうな気がする、兄貴のような目で迎えてくれそうな気がする、説明がいらないのは康男以外にない、と思ったのだ。


だが達夫は、かたや就職を目前に控え、希望に胸膨らませている男、かたや自ら死を選ぼうとしている男という現実を目の当たりにして、ますます追い詰められたに違いない。運命のいたずらとは言え、それほどの差別を受ける非が自分にあっただろうか。自分は自分なりに懸命に生きてきた。二人に一体どんな違いがあったというのか。達夫は喫茶店でコーヒーを飲みながら逃げ道のない自分を認識し、いよいよ決心を固めたのだろう。死ぬことで現実から逃げたというより、ほとほと自分に愛想が尽きたのだ。

そんなことなど思いもしなかった康男は、達夫に気遣いする意識すらなかった。

〈順風満帆な僕は、頼ってきた〝弟〟を突き放すようなことをし、結果的に追い打ちをかけるようなことをした。達夫は、何か聞いてほしかったのに違いない。なのに、僕は何一つ応えてあげられなかった。応えてあげようともしなかった。だからひとごとのような態度の僕を見た彼は落胆し、黙って出ていったのだ。

いいや、そうじゃない。理由はないが、なぜか最後に僕に会ってみたかったのだ。誰かに自分の存在を認識してほしいと思い、僕を選んだのだ〉

深く話したことはなかったが、会ったときから、お互いが同じ種類の人間の匂いを感じていた。知れば知るほどよく似た生い立ちで、性格まで似ている。そのことは本能的に肌で感じていた。違いがあるとすれば、そのきっかけとなる出来事があったかどうかだけで、ちょっとした運命の違いで逆の立場になっていても不思議ではない。

同郷の先輩というだけで相手を疑いもせず信じ込んだのは、孤独で、寂しかったのだ。〈このままではダメだ、なんとかしなければ！〉という思いが強過ぎたから、いい加減な話に乗ってしまったのだ。

挙げ句、自ら死を選ぶしかなく、行き着いたのが故郷の海だった。

達夫は達夫なりに、あがきながらも懸命に生きていた。康男は、今ならそんな達夫のことが分かってやれそうな気がして、「あいつ、いい奴だったんだな」としみじみ思うのだった。

屋号のない店

大通りを一つ入った裏通りに小さな辻があり、その辻の角に古びた一軒の飲み屋がある。暮れなずんだ通りは人の往来もまばらで、初冬の風が時折落ち葉を巻き上げる。

立ち止まって耳を澄ませると、大通りの喧噪が風に共鳴して波打つように聞こえてくる。陽は沈んでしまったが、微かにまだ明るさは残っていて、店の提灯にまだ灯りはついていない。けれど、中に誰かはいるようで、時々人の影が動いている。

いつものように男が一人、開店の準備をしている。光田圭司という三十半ばを過ぎたばかりの男がこの店の主で、彼はこの一角を借りて数年前から飲み屋をやっている。借りているといっても、その土地の所有者は遠縁にあたる人らしく、考えられないくらいの格安で使わせてもらっているという話だった。

出入り口はガラスの引き戸を付けており、一応、店として構えてはいるのだが、造りは簡素で、夜になって赤い提灯が灯ると、どう見ても屋台にしか見えない。店の名も提灯に、ただ〝おでん〟とあるだけで、誰に聞いても屋号を知らない。以前から、〝角のおでん屋〟で通っているらしい。そして呆れたことに、店主に聞いても、

「いや、ただのおでん屋ですから……」

と、おでん屋に屋号を付けてはいけないような口ぶりなのである。

圭司はいつも夕暮れ時に来ておでん鍋に火をつけ、温まるまでの時間、読書をするのが毎日の習慣となっている。主に推理小説や時代小説なのだが、薄暗くなるまで客が来ることはほとんどないから、このひとときが圭司にとっての貴重な自分の時間なのである。しばらく前からマイコンの電気鍋に替えているので、付きっきりで番をする必要はないのだが、以前はＬＰガス用の直火式だったから、鍋の前に座るのが習慣になっている。いつの間にかこの一連の流れは、開店前のルーティンのようなものになっていた。

おでんの他には、鳥足を焼いたものとか、野菜炒めなどの簡単なものだけをメニューにしており、酒飲みになくてはならないシメのラーメン以外は、ビールとコップ酒を出すくらいで、一人で切り盛りするにはこれが精いっぱいである。

彼は、読書を趣味としているくらいだから寡黙で、良くいえば落ち着いた感じのする静かな男であった。上背はあるが痩せぎすなこの男は、無口で、おまけに余り笑っている顔も見せたこと

がない。昔、営業をやっていたサラリーマン時代も、口ベタのため成績が上がらず、結局辞めてしまったという噂だった。

「よくそれで客商売ができるもんだな。お前、一応店主なんだろう？」

遠慮のない常連客からはいつもそう言って揶揄《からか》われるが、圭司は特に逆らうわけでもなく、いつも照れた愛想笑いでその場をやり過ごす。確かにその性格のためか、彼は決して商売人とはいえないような男であったが、周りの者のほうがすべてを弁《わきま》えているから、それはそれで不都合なく成り立っているのである。

営業中でもオーダーが止まって時間ができると、いつの間にか本を開いている圭司の姿があったりした。少しでも時間があれば読書に耽《ふけ》り、その合間に商売をしているといった印象もなくはなかったが、だからといって、彼の性格上いい加減さはなく、手を抜くといったところも見られなかった。客も心得ているから気にするでもなく、お互いが気ままにやっているといった雰囲気であった。

今日も最初の客はなじみの老人、重《しげ》さんである。もう六時を回り、薄暗くなっている。

一人暮らしの年金生活者だという重さんは、一日おきくらいに来ておでんを一つとり、コップ酒を一杯飲んで、客が混む前に帰っていく。

最初の頃は、お互い無口なため名前も知らなかったが、一度だけ元職場の同僚だったという人と飲みに来た時、その人が「重さん、重さん」と呼んでいたので名前が分かったのである。

圭司は、その時の話を聞くでもなく聞いてしまったのであるが、重さんは四十年近く準公務員のような公的企業に勤め、六十五歳で完全引退したらしい。これからのんびり余生でも過ごそうという時、奥さんに先立たれ、今は一人で暮らしているとのことだった。子どもは二人いるらしいのだが、重さんの言によれば、それぞれが家庭をもち、それなりに頑張っているらしい。

そんな重さんの話を聞いていると、なぜかひとごととは思えない。いきさつは違っても、お互い独り暮らしになっていることに変わりはない。圭司は別れた家族が思い出されるのであった。

一人娘の弥生は妻に引き取られ、妻の実家で祖父母と四人で暮らしている。

あれ以来、家族には一度も会っていない。もう三年が過ぎた。……元の家族も会いに来ることはない。

今更ながら圭司は、父親としての責任が果たせなかったことをすまなく思うのだが、その一方、さほど責任も追及されなかったことで、ひょっとしたら最初から、男としてあまり期待もされてもいなかったのではないかと、むしろ淋しさを感じることもある。

重さんは持ち家に住んでおり、贅沢をしなければ生活には困らないようである。子どもたちもそれぞれ独立しており、どちらかと言えば恵まれた老人と言えなくもない。けれど、いつも一人で飲んで静かに帰っていくその後ろ姿を見ると、圭司はなぜか、決して似ているとはいえない亡き父親の背中をふと思い出すのだった。

田舎育ちの父は、家畜売買の仲介のようなことをしていたが、職業に似合わずシャイなところがあり、小学生の圭司を自転車の後ろに乗せて近くの川へよく釣りに行った。圭司は父を思い出すとき、なぜかその無言の大きな背中を感じるのである。

重さんが帰っていくと、入れ替わるように一人二人とお客が入ってくる。

三十分もすると九つある席は満杯になる。

ただ、店の横が駐輪場になっており、そこにもテーブル席を置いてあるのでまだ数人はまかなえる。

重さんと入れ替わるように入ってきたのは、近所に住んでいるという中年の兄弟二人組であった。二人は共同で小さな水道工事会社を営んでおり、兄が社長、弟が専務という立場らしい。会社法の施行により、特例有限会社ということになっているが、実質五名の家族経営だと聞いた。

まず兄のほうがおしぼりで手を拭きながら口を開いた。

「豆腐とコンニャク！　それとビール！　お前は何にする？」

弟はスジ肉とたまごを頼んで、ビールを注ぎ合った。

「今の現場も今日で上がりだな。ま、今年いっぱいはずっと仕事が入っているから、なんとか皆にもボーナスが出せる」

兄が弟にビールを勧めながら、安堵したような口調でそう言っている。

会社の事務などを手伝っている二人の妻も社員扱いにしているとかで、もう一人、高校を出たばかりの若い男の子がいるという。まだ見習い社員のようなものだが、今のご時世、休みがちゃんと取れて、形ばかりでもボーナスがないと若い者はなかなか居着いてくれない。中小企業の経営者が集う運営研修会なるものが定期的に開かれるが、その席でも必ず出るのがこの話だと社長の兄が問わず語りに圭司に言うと、専務の弟は、一生懸命教えて、やっと使えるようになったと思い始めたころに辞めていくとこぼす。若い者は大企業志向が強く、ある程度自信が付くと転職していくのだという。

「大きな会社のために、無料研修してやっているようなもんだよ!」

二人は酒が進むにつれ、次第にヒートアップしていく。

「まさか嫁さんまで転職ってことはないとは思うが……とにかく、我々中小会社は哀れなもんだよ」

二人の台詞はますます自虐的になってくる。

「俺らは、親父にどんだけしごかれても辞めるという選択肢はなかったもんな！」

父親の会社を継いだ二人は、この業界にかろうじて残っていた徒弟制度のようなもので技術を習得してきたらしいが、もはやそんな前時代的なものは通用しないらしい。

「そうは言っても、我々だって他人に雇われていたら、続いたかどうか……偉そうなことは言えないか!?」

二人の落としどころが一致したようである。

兄弟はビール二本とコップ酒を一杯ずつ飲むと、

「また明日から頑張らんとな！」

そう言ってグータッチしながら帰っていった。


兄弟の座っていた隣には、三十前後と思われる女性が一人飲んでいる。三日に一度やってくる常連客で、とびっきりの美人というわけではないのだが、きちんとした印象で、大人なのに清楚さを感じさせる不思議な人だった。いつも、よく出汁《だし》の浸みた大根を二センチほどの間隔でキレイに刻み、熱燗を飲む。どこか若い女性には似つかわしくないのだが、これが彼女のいつものパターンだった。

彼女も多くを語らないから、長いあいだ名前も知らなかったが、須磨真紀《すままき》というらしく、二十九歳だという。ある時、忘れ物をした紙袋の中にクリーニングの預り証があり、名前を知った。中を見たことをまず詫びたら彼女はニコッと笑って、お礼を言った。それがきっかけとなり、いろいろ話すようになって年も教えてくれたのである。

真紀はバツイチで一人暮らしをしていると言った。男の子が一人いたのだが、一年少し前に離婚し、置いてきたのだそうだ。

「名前は拓と書いてヒロシというんだけど、いつもタク、タクと呼んでいたの」

真紀は、切ないような、懐かしいような、なんとも言えない表情で子どものことを話した。

元の夫は悪い人ではなかったが、むしろ人が良過ぎたのか、親には何も言えず、特に母親の言いなりであったという。長年辛抱してきたが、ある時、味方であるはずの夫にまで裏切られ、真紀の心は決まった。

「拓はこちらで育てる。会うことも許さない。これは拓のためや！」

そう言った時の、姑の顔が忘れられない。

むしろ夫の忠《ただし》と舅は「そうは言っても、実の母親なんだから……」ともごもご言ったが、姑の靖子はきつい人で、有無を言わせなかったという。

拓も四歳になったばかりで、はっきり自分の意思が言える年齢でもなく、裁判でもすれば引き取れたのかもしれないが、〈男の子だし、拓の将来を思えばむしろ置いてくる方がいいかもしれない〉、そう思って諦めたのだという。

「でも夜になると一人アパートにいるのは耐えられず、ついついふらっとここに来てしまう」

と真紀は言った。

〈そうだったのか、それでそう感じたのか……〉

以前から圭司は彼女を見て、〝なぜか憂いを含んだ翳《かげ》のある女《ひと》だなあ〟と思っていたのである。

圭司も彼女の気持ちは痛いほどよく分かる。そのことを伝えると彼女は、

「もちろん、死ぬほど会いたいけど、それより今、お互いつらい思いをしても、拓が十分な教育を受けさせてもらって立派に成長してくれる方がずっといい。そう思ったら辛抱できるんです」

真紀はむしろ自分に言い聞かせるように呟いた。

「実は、僕も一人娘を置いて離婚したんですよ。今、娘は母親と祖父母四人で母親の実家で暮らしています。なぜかこういうことになってしまって……」

「そうですよね！　こういうことには意外とはっきりした理由なんてないことが多いんですよね。どうしてこうなったのか分からないけど、いろいろあった挙げ句、気が付いてみるとこうなっていた、みたいな……」

「確かに……。そういう意味では親として子どもには申し訳ないと思うんですけど、その時は自分も悩んで考えた挙げ句のことだから、どうしようもないんですよね。うちは、母親のほうと暮

らすようになったのは娘の意思です。もう小学生になっていて、お母さんと離れたくないって言うもんですから……。当然といえば当然ですよね。今になってみると、それで良かったと思っています。父親と娘の二人暮らしなんて傍目から見てもいただけませんよね。そして僕にできることは養育費の一部を送るくらいのことです。十分なことはできませんけど……」

圭司は、普段そういう話はしないのだが、なぜか真紀には喋ってしまった。同じ境遇であることがそうさせたのかもしれないが、なぜか真紀には聞いてもらいたいと思ったのである。

「一杯だけごちそうさせてください」

周りに客がいなくなったタイミングを見計らって熱燗を一杯差し出した。彼女がそろそろ立ち上がりそうな気配がしたからである。そして普段、店ではほとんど飲まない圭司も自分用の熱燗をつくり、彼女のコップにカチンと合わせてチビチビと飲み始めた。


こういう商売をしていると実にさまざまな人に会うことができる。まさに世間の縮図を見ているようである。

怒りっぽい人、泣きわめく人、一人ブツブツ愚痴ばかり言っている人、飲めば陽気になる人、必要以上に気前良くなる人、若い男に色目を使う年増の女、またその逆の男、いちいち気にしていたらこんな仕事やっていられないと圭司は思う。だから普段は、不愛想と言われるけれど、知らん顔して仕込みでもしているようなふりをする。そういう中で、今夜は一緒に少し飲んでみようか、などと思える人はそうはいない。客足も引いてきたことだし、ちょっとゆっくりしようかと思ったとき、二人の男が入ってきた。

誰かが出入りするたびに外気がスッと吹き込んでくる。戸の隙間から見えたアスファルトの道路が光っている。どうやら小雨が降っているようである。そういえば、時折走る車のタイヤがジャーッという音を立てている。そして、このあいだまで人の出入りに付いてくる外気が心地良かったのに、今はもう背中に肌寒さを感じる。

「失礼します！」

いかにもそちらさんと分かる二人組が入ってきた。派手な柄のシャツに真っ白のジャケット、ダークグリーンのパンツをビシッときめて、一人は金のブレスレットまでしている。だが意外と礼儀正しい。おでんをアテにビールを飲み、ラーメンを一杯ずつ食べると、さっと帰っていった。

〈これから事務所で夜勤なのかな〉

と思ったが、もちろんそんなこと言いはしない。こういう連中は機嫌を損ねるとややこしいが、普段は意外と人が好く、金払いもいいし、あっさりしている。巷のサラリーマンのように、飲みながら長々と愚痴ったりしない。目的がはっきりしているというか、腹ごしらえが済んだらさっさと帰っていく。

〈我々には分からないが、自由なようで、裏では厳しいスケジュールがあるのかもしれない〉

圭司と真紀は図らずも同時に目を合わせてニタっと笑った。同じようなことを思っていたのかもしれない。そして申し合わせたようにコップを少し掲げて、再乾杯の仕草をした。

〈どうも気が合うらしい〉

圭司は一人勝手に嬉しくなっていた。

「ごちそうさま。今日はいつにも増して楽しかったわ！　自分を初期化できたみたい……」

どういう意味だろうかと一瞬思ったが、圭司にもその表現がなんとなく分かるような気がした。

圭司は立ち去っていく真紀にひょいっと片手を上げ、「またな！」と口には出さず、胸の内で呟いた。


今日はこれで終いにしようかと片づけ始めていたら、近所に住む顔なじみの大学生が飛び込んできた。

「遅くにすみません、ラーメン一杯いいですか？」

腹が減って堪らないといった様子である。麻雀でもしていたのなら断ろうかと思ったが、卒論に追いまくられて……というので、一旦落とした火をもう一度点けた。落として間がないので、ラーメンスープが温まるまで、そんなに時間はかからない。

「たまには学生らしいこともするんだな」

ちょうどゆで卵が一個残っていたので、圭司は縦に切ってのせてやった。

「いつも、すみません！」

金のないことは分かっているので、彼には時々ドアの修理を手伝わせたり、忙しくて手の回らない時には呼び出して、皿洗いなどをやらせたりしている。だから、夜食代を取ったりしたことはない。

彼も、もう大学四年生である。ちゃんと良識は弁えていて、ラーメン一杯くらいいいかな、と思われるころにしかやってこない。だから圭司も無下に突き放すこともしないのである。

三日後、そろそろ暖簾を出そうかと店の前に出ると、大通りの角を真紀がフラフラと曲がってきた。

圭司は急いで中に入り、何気なさを装い、取り繕っていたのに、真紀はドアガラスの向こうを俯き加減で通り過ぎていった。まるで夢遊病者のように歩いていく。

〈えっ？〉

当然入ってくると思って身構えていた圭司は、出鼻を挫かれたようにぼんやりと立ち尽くした。

〈何かあったのだろうか〉

気にはなったが、ポツポツとお客が来始めたので、そのことばかり考えているわけにもいかない。平静を装って熱燗を立てていた。

小一時間も経っただろうか、忘れかけたころに真紀がふらりと戻ってきた。どことなくいつもと感じが違う。

「大根とお酒ちょうだい」

いつものように日本酒の熱燗を注文した。

圭司は何があったのか聞きたかったが、ほかの客もいるのでそれもできず、チラチラと真紀の顔を窺って読み取ろうとした。とにかくいつもと違う。気になりながらも、二人だけになるのを待っていた。幸い、真紀もそれまで帰るつもりはないようである。

〈よかった！　このまま一言も話さずに帰られたりしたら、今夜は気になっておそらく眠れない〉

やがて二人きりとなり、圭司は真紀に声をかけた。

「こっちにおいでよ」

カウンター中央の椅子を指さし、真紀を誘った。圭司がいつも定位置としている場所の正面である。

「素通りしてどこへ行ってたの？」

「しばらくその辺をぐるぐる回ってた」

やっぱり何かあったようである。言いたくなさそうにする真紀を無理やり問い質した。

真紀は小さな文房具店の事務員をしている。事務員といっても店主夫婦が高齢のため、実質は真紀一人が切り盛りしている。小さな店だから給料は安く、決して贅沢はできないが、生活の基盤はできてきた。

その店に今日、ふらっと元の夫が二年ぶりにやってきたのだという。

〈……なんとなく話は見えてきた〉

圭司は、平静を装って続きを促した。

「拓もいよいよこの春、小学校入学だ。これを機にやり直したいと思っている。両親もそう願っているので、もし許してくれるなら帰ってきてほしい」

元、夫は哀願するように言ったのだそうである。

真紀も心は動いたが、あの時の姑の言葉が忘れられない。「考えさせて」とは言ったものの、自分でもどうするべきか分からず、歩き回っていたのだという。

かといって、真紀も圭司に相談を持ちかけているわけではない。助言を求めて寄ったわけではなかったが、気付けばここに座っていたのだと小さな声で呟いた。

圭司はいつもと様子の違う真紀を見れば、気になって仕方ない。何か困ったことがあったら相談してほしい、頼ってほしい、せめて意見だけでも求めてほしいと、前々からそう思っていたから、いろいろと問い質さずにはいられなかった。

しばらく間があって、ぼそぼそと呟くように真紀が言った。

「私も正直迷ってる。どうしたらいいと思う？」

圭司は思わず膝を乗り出した。やっと相談らしきことを言ってくれた。

「迷う気持ちは分かるけど、順を追って考えてみたら？　真紀さんの本音っていうか、一番望んでいることは何？　まずそれをはっきりさせれば、後はそうするためにはどうすればいいか考えればいいいんじゃない？」

つまり子どものこと、家族のこと、親との同居、それらを一緒にして考えるから分からなくなってくる。

「別個に一つ一つ考えてみたら？　まず、拓くんとは一緒に暮らしたいんだろ？」

「もちろんそれは……、そのためなら家族三人、やり直してみてもいいかなとも思う。ただ元の状態に戻るのが怖くて……。今は親も、以前とは大分変わってきたとは言ってたけど、どうしても昔の印象が拭えなくて……。もう二度と同じ失敗はできないと思うと、やっぱり躊躇《ためら》ってしまう」

真紀は呟くように話した。

「だったらはっきりしてるじゃない！　家族三人で暮らしたい。でも、同じ状況には戻れない。それがはっきりしているんだから簡単だよ！　とにかく、親とは別居ということを条件にすれば？　条件と言えば角が立つから、三人だけで暮らしたいと旦那のほうに頼んでみたら？」

言いたくてたまらなかったことを、圭司は堰を切ったように言った。まずは子どもと一緒に暮らすにはどうすればいいか、それを考えるしかない！

そう確信して圭司は力説した。

確かに、それによって事はまた動き始めるかもしれない、と真紀もそう思った。得心したのか、真紀はいつものように大根を小器用に刻んでお酒を一杯だけ飲むと、目の縁をほんのり赤くしながら、その日は帰っていった。

ひとごとではない。圭司も一人娘の弥生の可愛い顔が浮かんできた。


余韻に浸っている間もなく、労務者風の二人連れが入ってきた。二人とも灰色の作業服に黒っぽいよれよれのズボンをはいている。足元は、スニーカーといえばかっこがいいが、ずたずたに汚れたズック靴といったいでたちである。

「大根と豆腐を半分ずつくれ、それとコップ酒一杯ずつ！」

「半分ずつというのはできないんで、お二人で適当に分けてください。お皿は二つ出しときますから」

二人の話を聞くでもなく聞いているると、二人は近くの公園に住んでいて、隣同士のようである。朝晩寒くなってどうにもならんとぼやいている。二人は一杯の酒を舐めるように飲むと、五百円玉を一つずつコロンと置いて帰っていった。


世の中、温かい灯りのともるリビングで、一家団欒の時を過ごす人もいれば、今の彼らのように吹きさらしの段ボールの館に帰っていく人もいる。

住む家があっても、家族が離れ離れになり、一人で暮らす人もいれば、どちらもなく、世の中に忘れられた孤独な人もいる。

誰に責任があり、どんな理由があるのかは分からないけれど、世の中のさまざまな人を見ていると、圭司は人生の不可思議さ、不条理さを感じることがあった。優位にあるから偉いのではない。極論すれば家のない人がいて家族の団欒があり、貧乏人がいて金持ちがいる。どんなに努力してもままならない者もいれば、能力もないのに、ただ運だけで裕福になった者もいる。それが不条理だと思うのである。

「それが世の中というもの。なにを青臭いこと言っているんだ」という人もむろんいるだろう。だが、低学歴あっての高学歴なのに、上に立つ者にはそのことが分からない。

そんなことを考えるとき、圭司はいつも思うことがある。それは高額納税者がいつも言う言葉である。

「いくら稼いでも、半分以上を税金にもっていかれる……」

自分はみんなのためにこれだけの金を出しているんだ、と言わんばかりである。いかにも自分の能力だけで稼いだと思い違いをしている。つまり、周りの多くの人のおかげで自分はその立場に立たせてもらっている、ということを忘れている。

一人だけが生き残ったときのことを考えてみればいい。一人だけではビタ一文も稼げない。買う人がいて売れるのである。儲け、損得は、人とのやり取りで初めて成り立つのであって、少なくとも二人以上必要ということになってくる。自分一人ではどうにもならないのだ。

つまり恩恵を受けているのは、むしろ社会での成功者といわれている人たちであることを、その立場にいる人は少しは考えた方がいい。自分はたとえ一介のおでん屋でも「お客さんがあって商売ができている」といった気持ちでやっている。口に出しては言わないが、圭司はそれを自分の心得としていた。

ときどきやってくる中年の夫婦がいる。ごく普通の一般的な夫婦だが、どことなく品があり、垢抜けした感じがする。

そう遠くないところに住んでいるのか、いつもそれぞれの自転車でやってくる。どちらもお酒が好きなようで、おでんとコップ酒を楽しみにしているのだという。特に旦那のほうは豆腐が大好きで、必ず最初に豆腐のおでんを頼む。奥さんのほうも嫌いなものはないと言うだけあって、とにかくなんでも美味しそうに食べてくれる。

「私、鳥足焼いてください。焼けたらビールを一本、一緒にお願いします！」

奥さんのオーダーである。奥さんは焼き鳥が好きなのだという。そして焼き鳥には絶対ビールというわけである。

最初はビールで乾杯し、楽しそうに飲み始める。

〈夫婦で乾杯っていうのもいいもんだな〉と、圭司はいつも微笑ましく眺めている。

旦那のほうは別っこに頼むほどではなく、鳥足は隙を見て横から齧《かじ》るのだという。二人とも幸せそうだが、特に奥さんのほうは朗らかで、幸せいっぱいといった感じである。

そのうち熱燗に変わるが、二人とも日本酒好きなのか、こちらも実に美味しそうに飲んでいる。

旦那は黙って飲みながら、奥さんが飲んでいるのを嬉しそうに眺め、時々奥さんが話しかけてもニコッとして頷くだけである。とにかく二人の満足そうな表情は、こちらをほのぼのとさせてくれる。

この夫婦には子どもが二人いて、まだ独立はしていないのだが、もう手はかからない年齢だという。結婚して二十年近くになるけれども、喧嘩は一度もしたことがないという。そんなことあるんだろうか。

旦那の言によると、

「結局、いつも女房が折れてくれてるんだよ。僕は結構身勝手で我儘だけど、険悪な空気になりそうだったら必ず女房が一歩引いてくれる。女房の苦手なところを一つ挙げるとすれば、物を片づけるってことかもしれない。だけど、僕は細かいところが気になる性格で、そのことで時々文句を言う。時には自分本位で、小姑みたいなことを言ってたかもしれない。そんな時でも、女房は反論一つせず、かといってすぐやるとも言わないんだが、黙って聞いていただけなのに、二、三日うちには必ず言ったとおりになっている。彼女が目に見えないところで秘かにやってくれてるんだよ」

と、例を挙げて話してくれた。

旦那はそのことに気付いても、あえて口にはしないそうだ。

「僕は、女房のそういう健気なところに頭が上がらない。そして胸の内ではいつも感謝している。

そうこうしているあいだに二十年近く経ったってわけだ！」

ご主人は話しながら満足しきっているといった感じである。確かに、結婚するならこんな女《ひと》と思わせるような奥さんである。

圭司が一息ついてボンヤリしていると、五人の女子大生がドヤドヤと入ってきた。学園祭の準備で遅くなり、その帰りだという。

「おじさん！　ラーメンずらっと五人前！」

彼女たちにかかったら、三十半ばの圭司も立派なおじさんである。

先ほどの夫婦が隅に寄って、席を空けてくれた。

「すみませ〜ン！」

ひとりの娘《こ》が言うと全員が夫婦のほうを見た。ビールの空き瓶が目に入ったのか、誰かが叫んだ。

「ビールもひとついってみるかァ!?」

夫婦は、自分たちの娘も大学生なので、同じくらいの年齢の学生たちを見て、娘《むすめ》も外ではこんな感じなんだろうかと、微笑ましいようでもあり、ハラハラするようでもありと、いつしか五人の親になったような気分で眺めていた。

しばらくワイワイ飲んでいたが、やがてひとりの娘《こ》が大して飲んでもいないのに、めそめそ泣き始めた。どうやら最近、失恋でもしたらしい。青春だなあと眺めていると、別の娘が、「飲ませたほうが悪い！」などと右手を突き上げている。

〈あ〜ァ、もうしっちゃかめっちゃかだ〉

圭司は苦笑いである。でも可愛い娘たちの醜態は憎めない。

「こういう仕事をしていると、飽きが来ませんよ」

圭司は旦那のほうに向かって片目を瞑るような仕草をした。そして、二人は苦笑いしながら彼女たちを眺めるのだった。


真紀は一週間顔を見せなかった。圭司はずっと気になっていたが、待ってみるしかない。

一週間目くらいに彼女はひょっこり現れ、いつものように大根と熱燗を注文した。二人とも早く本題に入りたいのだが、誰かがいるあいだは話を持ち出せない。お互い素知らぬ顔でやり過ごしていた。

やがて一人帰り、二人帰りして、誰もいなくなった。

一瞬の間があく。

「あのー」

二人は同時に何か言おうとして、お互いが鯉のように口をパクリと開けたまま目と目が合った。一瞬、時間そのものが静止したようでなんとなくバツが悪い。二人は思わずプッと吹き出し、同時に微笑み合った。

だが、その一連の動作が一週間のわだかまりをすべて取り去ってくれた。

あの後真紀は、元の夫である安藤と喫茶店で会って、じっくり話したのだという。前回ここで圭司が言ったように、「親子三人だけで暮らしたい」と言ったのだそうだ。

すると安藤は、そもそも今度の話は親のほうから出た話で、同居が前提であり、そんなこと親には話せないと言ったという。そして、両親も反省すべきところは反省して協力するので、もう一度やり直したい、と言っているし、拓も母親が帰るのを待っていると言ったのだそうだ。真紀は耳を疑った。協力？　協力とはなんだろう？　まだ自分たちに関与してくるつもりなのか。

「それで貴方自身はどう思っているの？　貴方の家族なのに、まだ、親があぁ言ったからこう言ったからって流されてるの？　貴方自身が拓を連れて一度親元を出るっていう気持ちはないの？私だったら二人で頑張る！」

真紀がそう言うと、

「いずれ、いつかは同居しなければならなくなるんだから……」

と安藤は言ったという。真紀は、両親が年老いた時は世話をしようという気持ちは持っていたが、彼自体に自分自身のことだという自覚がないので、言うのをやめたそうである。

〈とにかく拓だけは立派に育てて！〉

せめてそれだけは言いたかったが、それも懸命に胸の内だけに抑えたのだという。

「あちらの家では、私のこと、子どもを捨てるような薄情女としか思わないんでしょうね」

真紀は自嘲気味に言った。

〈女房、子どもを守れない男が親の面倒など見れるんだろうか〉

圭司は内心そう思ったが、こういう場合、同調すべきか、慰めるべきか分からず、

「そうかあ。守るべきものにも優先順位というものがある。僕だったらまず自分の家族をとるけどなあ……。貴女の気持ちはよく分かるよ！　二度と同じ過ちはできないもんね。また同じことを繰り返せば、今度は肝心の子どもに愛想尽かされかねないもんな」

当たり障りのないように、そう言った。

「でも、むしろ私も吹っ切れた。一瞬また夢を見かけたけど、もう迷わない。自分一人でやっていかなければという、はっきりとした道筋が見えた」

真紀は自分にも言い聞かせるように、そして圭司にもはっきり聞こえるようにそう呟いた。

いつしか外は小雨が降っている。

お客も途絶えたし、今日は店じまいして二人でゆっくり飲みたい気分だ。圭司はそれとなく持ちかけてみた。

「どう？　熱いのをもう一杯つけようか？　僕も一緒に飲みたいから……」

真紀は嬉しそうに頷いた。

「じゃあ、もう暖簾下ろすわ！」

圭司はそう言って暖簾を取り込み、「本日終了」と札をひっくり返した。


二人が行き来するようになったのは、その時からである。お互いの部屋を訪ねているうち、ごく自然に一緒に住むようになった。

互いの境遇は知り尽くしている。二人とも、もう過去を口にすることはない。それが暗黙のルールであり、相手の人生に対する思いやりでもある。同じ心の傷を持つ二人は、いたわり合って暮らすようになった。

真紀は今までどおり文房具店に勤め、圭司は毎晩店を開く。

これまで圭司は、仕込みや下拵えを、毎日昼頃からやっていたが、今は勤めから帰った真紀が夜のうちにやってくれている。口には出さないが、圭司は感謝しながら今日もおでん鍋の前で本を読んでいる。


新しい年も明け、二人には平凡で幸せな日々が過ぎていた。

そんなある時、真紀は風呂上がりの姿で独り言のように言った。

「今日初めて気が付いたんだけど、胸になにかコロコロしたものがあるみたい」

体を洗っていて何気なく手に触れたのだという。圭司が心配すると、

「じゃあ、念のために明日、病院へ行ってみるね」

次の日、真紀は近くの総合病院を訪れた。

婦人科の受付をしていたら、そういう場合は外科だと受付の人が言う。真紀は外科に回されて診察を受けることになった。

触診をするとすぐ、医師にはある程度見当がついたようだったが、顔色を変えずに言った。

「とりあえずレントゲンを撮ってみましょう。それが済んだら、またここへ戻ってきてください。エコー（超音波検査）をやります」

真紀はレントゲン室に行ってマンモグラフィー（乳房X線）を撮り、言われたとおり外科へ戻った。エコー室で診察台に横になるよう言われると、医師はヌルヌルしたものを塗ったプローブを

胸の上で滑らせ、その画像をくまなく写し出した。

最後に細い針を刺して腫瘤《しゅりゅう》の細胞を取り、調べるという。細いとはいえ直接針を立てるのだからマンモグラフィーとはまた違った痛みがある。だが、これらの検査を総合すれば、ほとんどの場合診断がつくのだそうである。特に最後の穿刺細胞診は、その腫瘤が悪性のものであるかどうか判定するものであり、その結果は確定診断となることがある。

「今取った細胞の検査は、数日かかりますので、また一週間後に来てください」

真紀はそう言われ、その日は帰った。

その日は月曜日で、圭司の店も休みだった。定休日として決めているわけではないが、休むとすれば月曜日、ということにしている。

「じゃあ、来週にならないとはっきりしたことは分からないわけだね」

圭司は極力普通の声で言った。

だが、二人のあいだには〝嫌な予感〟の空気が漂っている。

「今夜は、仕込みでもしながら一杯やるか……。考えていてもなんにもならないし」

とにかく二人は気分を変えたかった。束の間であれ、心配事は勢いで忘れたかった。

一週間は長かった。その日を待っていたようでもあり、永遠に来てほしくないという気持ちでもあり、複雑な一週間だった。

真紀は家を出るとき、「よしっ!」と自分を奮い立たせて病院へと向かった。

予約時間の十時がまもなくやってくる。担当の金子医師が、レントゲン写真やモニター画面に映し出されているエコーの画像を指し示しながら、おもむろに言った。医師は四十半ばくらいのようだが、髭面のいかつい顔に似合わず優しい声をしている。

「検査の結果、胸にできたしこりは、やはり悪性のもので、細胞の検査でも癌細胞と判定されました」

真紀は、閃光を浴びた後のように一瞬目の前が真っ白になった。医師の声も徐々に遠のいて、眩暈《めまい》がするようだった。座ったまま体もふらついたのか、横にいる看護師が慌てて支えてくれた。

医師は続けて、今後の治療法について説明した。

「幸い、須磨さんの腫瘤は初期に近いもので、治療法もいろいろ考えられます。第一選択はやはり手術ということになりますが、その手術法にもいろいろ選択肢があります。これから説明していきますが、須磨さんの希望も聞きながら相談してやっていきますから、分からないことがあれば遠慮なく言ってください」

真紀は、黙って頷いた。

「私がお勧めしたい治療法は、乳房温存《にゅうぼうおんぞん》手術といって、癌の部分だけ取って、乳房を残す手術です。須磨さんの腫瘤は、径が二・八センチです。その手術法が適応とされる基準は三センチ以内ということになっていて、適応範囲内ですから、このまま手術することも可能なんですが、より確実にするために、術前化学療法という、いわゆる抗がん剤で叩いて腫瘤をできるだけ小さくしてから手術することを考えています」

「乳房を全部取ってしまうんじゃないんですか？」

「以前はそういう手術もしていました。しかし、初期であれば温存手術でも予後の成績に変わりがないということが分かってきましたので、今では温存手術の方が主流となっています。もちろん、癌細胞は残さないように手術しますから、その点は安心してください。前もって抗がん剤治療をやるのもそのためです」

金子医師は、手術の後も、化学療法をするか放射線治療にするかということもあるし、一口に化学療法といっても多くの薬があり、癌の種類によって最適な薬を選んで使っていくという。

「なんらかの副作用も必ず出てきますから、どんな小さなことでも遠慮なく言ってください。それによってもまた薬の種類を考えますから……。とにかく、そのつど相談しながらやっていきましょう」

金子医師は、今日は説明中心なので、今ここで具体的に治療法を決める必要はないという。

「一度帰られてご家族と相談するとか、須磨さんご自身もよく考えたうえで決めてください。もし、術前の化学療法をやるとなっても、ほとんどは通院で行いますから、手術のため入院していただくのは数カ月先ということになります」

真紀も、まずは圭司に報告して相談に乗ってもらいたいと思っていた。癌と告げられたのはショックではあるが、といって現実から逃げるわけにもいかない。むしろ説明を聞いているうち、この先生にすべてを託そうと前向きの気持ちにもなっていた。


その夜、詳細を伝えると、圭司はさすがに一瞬落ち込んだ。だがすぐに、

「現実は現実、逃げて状況が変わるわけじゃない。だったら、立ち向かっていけば、今より良くはなっても悪くなることはないさ。僕が後ろ盾になるから、真紀は自分のことだけを考えて頑張れ」

圭司はそう言って励ました。

真紀も、そういう気持ちになっていた。幸い担当の先生も優しく、信頼が置けそうだから、先生が勧めてくれたとおりに治療を受け、すべてを委ねようと二人で話し合った。


次の週から術前の化学療法が始まった。

副作用を見極め、適切な薬剤を選ぶため、最初の一時期だけ入院することになった。その後は通院でも可能だという。

開始三日目くらいから体がだるく、口の中がヒリヒリ痛くなった。これも副作用によるもので、口腔を清潔にし、できるだけ軟らかいものを食べるようにとのことである。

そのうち髪の毛も抜けてくるそうなので、ウイッグを用意した。

女性にとって髪を失うのは、何よりつらいことであるが、最近はおしゃれなウイッグもあるとかで、

「かえって若返る人も結構いますよ」と、ある看護師が慰めてくれた。

二カ月経って調べると、癌は縮小していると金子医師は言う。

「今、二・六センチくらいで順調に小さくなっています。このまま続けて、ひと月後くらいに手術しましょう。もちろん直前にも調べますが、おそらく今よりさらに小さくなっているはずです」

手術は五月の連休明けと決まった。

真紀は、文房具店の老夫婦にそのことを話した。癌と告げられた時にも、それとなく伝えてはいるが、詳しいことは話していない。

「五月十二日に手術することになりました。しばらくこちらにも来ることができなくなるので、

この際、誰か代わりの方を探してもらって、引かせていただこうかと思っています」

真紀がここに来てもう二年が過ぎる。機転が利いて働き者の真紀を、老夫婦は重宝していた。いい人が来てくれたと喜んでいたが、これればかりは仕方ない。他の理由なら、なんだかんだと引き留めることもできるのだがと、老夫婦は思案に暮れた。

「私も探しますが、心当たりがあれば気に留めておいてください。まだひと月ちょっとありますから、できればそのあいだに支障のないように引き継いでおきたいと思います」

老夫婦は、帰ってきてくれるのであれば入院のあいだだけでもなんとか老骨に鞭打って頑張ってみようという気持ちもあるが、真紀自身に
〈これを機に、細々とでもいい、今後は圭司さんの店を手伝いたい〉

というはっきりした気持ちがあるようなので、老夫婦は喉元まで出かかった言葉を抑えた。


その後、相変わらず副作用は続いていた。

時々吐き気に襲われ、食欲もない。体重もすでに三キロ以上落ちた。下痢や口内炎も、軽重はあるがなくなることはない。

〈でも、もう少し頑張って手術さえ済んでしまえば、なんとなく気分は爽快になれそうな気がする〉

真紀は、悪いところはやっつけてしまったというその気分が、自分を後押ししてくれそうな気がしていた。つらい副作用にも、今までとはまた違った気持ちで立ち向かうことができるはずだ。

〈気は持ちよう……！〉

真紀は自分自身を鼓舞して、むしろ希望のようなものさえ湧いてくるような気がしていた。


予定の日は瞬く間にやってきた。

手術は順調に終わり、後は同じ化学療法を続けながら経過を見ていくことになった。

「直前の検査で、腫瘤は二センチくらいに縮小していましたから、乳房自体の癌は完全に除去できたと確信しています。ただ乳癌は、初期のものでも他のところに飛んでいる場合がたまにありますから、念のため化学療法はやっておきましょう」

金子医師の説明に、真紀は眉を曇らせた。それに気付いたのか、

「元の癌があれだけ縮小していますから、もしすでに飛んでいたとしても、薬でやっつけられると思いますよ」

本心なのか気安めなのか、金子医師はそう言って気遣ってくれた。

圭司は毎日のように病院に来て、昨夜の店の様子を話してくれる。真紀は、話を聞くだけでい

ろんなお客さんと直に会っているような気持ちになり、その間の空白はあまり感じなかった。

これからは、定期的に通院して経過を追っていくことになる。


二人のアパートに帰ってきた。ほぼ二カ月ぶりである。まだ梅雨が明けていないのか、この二、三日雨が続いている。

古いアパートなので、雨どいの継ぎ目から漏れ落ちる雨だれの音が窓の外でビチャビチャいっている。今まで気付かなかったが、久し振りに聞くと耳障りな感じがした。

「しばらく休んだら、お店手伝うからね」

真紀は入院しているときから、今後はずっとそうしたいと圭司に話していた。

しばらく休むと、真紀は少しずつ体調も良くなってきたので、店に出た。圭司はお客の目を気にしているようだったが、もう既にほとんどの客が、二人は一緒に住んでいると知っている。

今回の入院にしても、知れ渡っていることだろう。ならば何も気にすることはないのだが、根っから照れ屋の圭司にはどことなく気恥ずかしい気持ちがある。その点、真紀のほうが現実的である。

「最初のあいだだけよ。いつかはそういう時期を通るんだから……。それより、そのうちメニューも少しずつ増やしていこう。二人だったらできるから！」

　体は幾分だるかったが、家でじっとしているより店を手伝っているほうが気が紛れるからと、真紀は店に立った。接客に関しては、不愛想な圭司の比ではない。いきなり店が明るくなったようだった。

「やっと、客らしく扱ってもらえてるって感じだ！　笑顔ひとつで酒の味もこんなに違うものなんだなあ」

　口の悪い常連たちが異口同音に言う。圭司は相変わらず背を向けて、苦笑いをしていた。


　そろそろ梅雨が明けてもいいころなのに、外は小雨がしとしと降っている。

　その雨の中、一人の中年の男がたたんだ傘の先から雨水を垂らしながら、忍び込むように入ってきた。初めて来るお客である。おでんの鍋を覗きながら、

「豆腐にコンニャク、ちくわをもらおうかな。それと熱燗もください。あっ、その前にビール」

　真紀がまずビールを抜いて、最初の一杯だけお酌した。圭司はおでんを取り合わせて、熱燗をつけている。

　どことなくしけたサラリーマン風である。だが、いつものように客の詮索はしない。

　男はしばらく黙って飲んでいたが、先に口を開いた。

「しかし今年はよく降るね。うっとうしくてしょうがないよ」

話しかけられれば、圭司も返事くらいはする。

「ほんとですね。近くにお勤めなんですか？」

「衣料品卸の会社に勤めてるんだけど、とにかく不景気でねえ。今日のこと、夏のボーナスはほとんどないってことが分かって、ガックリきてるってわけ。雨は降るし、なんとなく家に帰りづらくてここに寄ってみたと、まッ、そういうわけですよ」

奥さんの落胆する顔を想像すると敷居が高いのだという。分からないではない。

「なるほど……」

とは言ったものの、圭司はなんとフォローしてよいやら分からず、ただ苦笑いしていた。

こんな日にこのような話をされると、聞くほうも意気消沈してくる。人生十人十色、いろいろなことがある。いつでも、誰にでもだが、嬉しいことばかりがあるわけじゃない。

ましてや、今の圭司にはどうしても心の晴れないものがある。表面上は何気なさを装ってはいるが、心の底には重く淀んだ心配事がある。

〈このまま何事もなく元気になってくれることを願うしかない〉

真紀が背負ってしまった〝再発の恐れ〟という運命を考えると、自分のこと以上に気が滅入る。

自分のことであれば自分が辛抱すればいいだけのことだが、不憫に思う気持ちは広がるばかりでとりとめがない。

真紀は十二時になる前に上がらせる。まだ無理はさせられないからである。後は圭司一人で一時過ぎまでやり、片づけが終わって完全に店を閉めるのは夜中の二時を過ぎるころになる。

真紀は一足先に帰って風呂の用意をするなど、何かと家事をやってくれている。夜食の準備も整ったころ、ちょうど圭司が帰ってくる。お互いが労をねぎらい、軽く酒を飲んでやすむのである。


そんな生活が一年、二年と続き、真紀は思った以上に経過も良く、徐々に体力もついてきた。以前から考えていたとおり、これまでできなかったメニューも増やしていき、それにつれてお客も増え、店は順調にいっている。

メニューが増えたせいか、客層にも変化が表われた。家族連れなども来るようになり、子どもから年配者まで年齢層も広がり、活気が漲ってきた。

それに伴って、当然忙しくはなったが、昼間は二人で仕込みに精を出し、商売がより面白くなってきた。

圭司は、真紀がいてくれるおかげで安心感があり、精神的にも楽になって仕事にも張りを感じ始めていた。真紀に感謝しつつ、いつまでも元気でこの状態が続いてくれることを祈らないではいられなかった。

手術して五年になろうかというころ、店に出ていた真紀が圭司に呟いた。

「最近、腰が痛くて痛くて……それに、なんか体がだるいのよね」

そう言って背を伸ばした。

「ここのところ洗い物が多いからなあ」

確かにお客が多くなるにつれ、洗い物の数も増えていた。マッサージしたり、湿布薬を貼ったりしたが良くならない。

真紀はさほど気に留めていたわけではないが、六カ月ごとにある定期検診時に何気なくそのことを主治医に話した。

「腰痛の原因はさまざまですが、念のため骨《こつ》シンチを撮ってみましょう」

乳癌は最初に骨転移することがある。骨シンチとは、骨シンチグラフィーのことで、それを疑ってのものだった。

この検査は、全身の骨に集まる特性を持った放射線同位元素を含む薬を静脈内に注射し、体内の骨組織から放出されるガンマ線を画像化するというもので、乳癌が骨に転移していないかを確認するためのものだった。薬が骨に十分に集まってから画像を撮るため、ほぼ一日がかりの検査になる。

医師は、また明日の朝来るようにと告げ、胸のレントゲンも撮るという。

「もう手術して五年になるんですけど、そんなことあるんですか？」

真紀は、にわかには信じられない面持ちで言う。

「ありますよ。珍しいことではありません。十年近く経ってから見つかった例もあります」

医師は包み隠さず話してくれた。

真紀は五年前の、癌と診断されるまでの一週間を思い出した。あの待っているあいだの、居ても立ってもいられない気持ちはもう味わいたくない。そのことを医師に言うと、

「わかりました。検査後すぐ放射線医に判定してもらって、結果は明日のうちに、私の方からお伝えすることにします」

今回は前ほど待たなくてもいいようだが、勝手なもので、それはそれで聞くのが怖い。〈別に、その日に知りたいと言っているわけではないのに……〉と思うのだった。しかしこれも宿命、癌にさえならなければこんな思いをすることもない。真紀は覚悟を決めて、受け入れることにした。

翌朝真紀は、胸のレントゲン撮影をした後、検査のための薬剤を注射された。その薬剤が全身

に浸透するのに二～三時間を要するとかで、骨シンチを撮るのは午後になるという。

検査は無事終わり、夕方になってその結果が医師の口から知らされた。

「心配していたとおり、腰痛の原因は癌の転移でした。でも、これ自体は痛みさえ抑えられれば命に別条はありません。ただ問題は、胸にも影があり、こちらはより注意して見なければいけません。今までどおり化学療法は続けていきましょう。今後、腰の痛みもとれないようなら、薬の種類も考えていきます」

真紀は目の前が真っ暗になった。初めて癌だと告げられた時よりショックである。一瞬、圭司の顔が浮かんだ。

癌は初期だったし、手術も乳房温存できた。完全に治ったものとばかり思っていたのに、もう少しというところまで来て予期せぬ再発である。まったく不安がなかったかと言われれば嘘になるかもしれないが、〈まさか自分に限って〉という妙な自信も持っていた。再発することなどはないと勝手に思いこんでいた。途中から医師の言葉も耳に入らない。

「大丈夫ですか、須磨さん！」

目が虚《うつ》ろになっていたのか、金子医師と看護師が声をかけてくれた。ほとんど記憶にないが、真紀は二度、三度頷き、取り繕うように作り笑いをして診察室を出た。

〈家では圭司が私以上に心配して待っているはずだ。言いたくはないけれど、報告しないわけに

はいかない〉

真紀は以前、店の前を素通りしてぐるぐる回っていたことがあった。あの時は今回とは違い、病気のことではなかったが、真っ直ぐ家には帰らず、近くの路地をとぼとぼと歩いていた。思案に暮れた時にはなぜか彷徨《さまよ》ってしまう。自分にはそういう癖があるのかもしれない。

そのあいだに自分の気持ちを整理しようと歩いてはみるのだが、その実、何も考えられず、ぼんやりと夢遊病者のように彷徨っているだけだった。

〈いつまでこうしていても始まらない〉

我に返った真紀は、意を決して圭司の待つアパートへ入っていった。

案の定、圭司は不安を隠せないような顔をして待っていた。まずは報告しなければと思っていたのに、圭司の顔を見た途端、真紀はなぜか言い出せなくなった。

「あらっ、まだ店、行かないの？　さあ行った行った！　私もすぐ行くから……」

何か言いたそうにする圭司にその隙を与えないかのように、思いもしないことが口から飛び出した。再発したことは、店に行ってからタイミングを見計らってサラッと言えばいい。改まって告げると深刻になってしまいそうだった。

今日も、さまざまな客が何もなかったようにやってくる。人それぞれ、日常ではいろいろなことがあるのだろうが、ここでは何事もなかったかのようにお互いがそれを隠して飲んでいる。

圭司や真紀にしても、すべてが順調であるかのように、客を気遣いながら接している。そうなのだ、世の中の人みんなが幸せに生活しているように見えても、毎夜、ここに来て飲んでいる人を見ると、それぞれの憂いがそれぞれの人に漂っている。世の中の縮図を見るようで、圭司も真紀もこの商売が好きなのである。

真紀はここにいると、なぜか癌の再発すらさほど気にすることでもないような気がして不思議だった。あえて報告しなくても、圭司はすべて分かってくれているようで、現に圭司は何も聞かない。お互い、言わない、聞かないことですべてを理解している。それが思いやりだと分かっている。

たとえどちらに転んでも、なんら今までと変わることはない。毎日を懸命に生きるしかない。

二人ともそう悟っている。

外ではまた小雨が降っているのか、時折見える道路の表面が光って、足早に人が歩いている。これがまさしく涙雨とでも言うのだろうか、開け閉めする戸も重く軋《きし》んでいる。

二人は助け合いながら以前と同じような日々を過ごしていたが、真紀のようすは変わってきた。だんだん咳をするようになり、店の中でも、暇を見つけては椅子に座るようになっていた。なぜか疲れやすく息切れがするのだという。そういえば最近、肌の艶も良くないような気がする。圭司も口にはしないが、チラチラと横目に真紀を見ながら、それを感じ始めていた。

「しばらく店の方は俺一人でやるから」

真紀を休ませることにした。

「じゃあ、また私は家で仕込みのほう手伝うからね」

真紀は反対に、いつも圭司をいたわり、励ます。

しかし、日を追うごとに真紀は横になることが多くなってきた。食欲も日増しに落ちてきている。傍目にも分かるほど痩せてきて、顔にも生気がない。五歳も六歳も、時にはそれ以上も老けて見えることがある。動作も鈍くなっており、毎日の生活に自分の体さえ持て余している。

圭司は見るに堪えず、真紀には内緒で主治医を訪ねていった。

最近の様子を伝え、相談を持ちかけると金子医師は言った。

「残念ですが、もう家で以前のように過ごすのはだんだん難しくなってくると思います。これからはますます体力が落ち、何もできなくなります。今は我慢されているようですが、痛みも増してきます」

圭司は、真紀の死期が近付いていることを知る。

「最近は緩和医療も進んでいますから、入院されるほうがいいと思います。これからは治療というよりも、できるだけ痛みを緩和して、どう安らかに過ごせるかということが重要になってくると思います」

圭司はとぼとぼと家路についた。

真紀を布団に寝かせ、腰や背中を揉んで紛らわせてはいるが、実際は全身あちこちが痛いのだという。時々、水を欲しがるので吸い口で飲ませてやる。枯れ地に水が浸み込むように水だけは受け付けるのだが、食欲はなく、見るも無惨に骨が浮き出ている。


自分は今の真紀に何がしてやれるだろう。自分なら死に際して、何を望むだろうと考えていた圭司の頭に、ふと拓のことが思い浮かんだ。

真紀は何も言わないが、死ぬ前にきっと会いたいに違いない。最後に会わせてやりたい。真紀が何も言わないだけに、余計になんとかしてやりたい。

いろいろ考えていると、圭司は無性に元旦那の安藤という男に腹が立って、わけのわからない怒りが込み上げてきた。

〈結婚しておきながら、子どもまでつくりながら、自分の家族も守れず、最愛の母子が一緒に暮らすことさえ叶えてやれない〉

男の風上にもおけない奴だ！

真紀が哀れで、拳が震えるような思いだが、よくよく考えてみると筋違いの憤りだった。もって行き場のない怒りに圭司は我を忘れかけたが、考えてみれば、自分だって人にどうこう言える立場ではない。

それよりも、拓をどうやって連れてくるか。そのことのほうが肝心だとすぐに冷静さを取り戻した。

安藤のほうに出向く気にはならない。だからといって、隠したままできることでもない。圭司は再び主治医の金子医師を訪ね、「どうしても最後に会わせてやりたい。力になってほしい」と相談を持ちかけた。

金子医師は、真紀の事情を知っていたようで、同じようなことを思っていたと言ってくれた。だが、医師が患者個人の家庭事情に介入することはできないので、ガン患者のいろいろな相談に乗ってくれる「がんセンター」に行ってみてはどうかと教えてくれた。この病院にはカウンセラーがいて、その連絡先を知っていると思うからと内線電話で尋ねてくれ、「ここに行けば良いそうですよ」と住所や電話番号を書き留めたメモを渡してくれた。

圭司は、こんなふうに主治医が骨折ってくれるとは予想していなかったので、心底感謝した。

圭司がセンターに行って相談すると、やはり拓の養育者である父親の了解を取らなければと言われ、圭司は「そうか……」と落胆したが、そのセンターを運営しているＮＰＯの代表が同情したのか、「自分が動いてみましょう」ということで拓の学校へ行ってくれることになった。子どもに親のガンのことを話すときには、心の傷にならないよう、細心の注意を払う必要もあるのだと言う。

圭司は、真紀の心をかき乱さないよう、ことばを選びながら「拓と会えるかもしれない」と話した。それを聞くと、真紀は何も言わずただただ嗚咽《おえつ》するばかりで、拓との再会を切望していることが改めて分かった。

父親の安藤の了解さえ得られれば、主治医や担任の教諭も協力してくれることになっている。あくまでも圭司は表に出ないということで、拓の学校の教頭が安藤と会って話してくれることになった。

父親は言った。

「分かりました。担任の先生が付き添ってくださるのであれば、主治医の同意もあることですし、事情も事情ですからお任せします。ただ、私の両親の意向もあり、ややこしくなってもいけないので僕は知らなかったことにします。もちろん、知らなかったというのは表向きのことで、承知はしたということです」

真紀が入院している部屋は三階の個室で、窓の外には田園風景が広がり、はるか彼方には海が霞んで見える。

真紀は主司から拓が来ることを聞かされていたため、今か今かと待ち焦がれていた。数年ぶりに会うというのに、こんなやせ衰えた姿は見せたくないという気持ちもあったが、ひと目見たい、会いたいという気持ちの方が勝《まさ》っている。

看護師の案内で、担任の男性教諭とともに部屋に入ってきた拓を見たとたん、真紀の目から涙が溢れ出た。

「拓ちゃん、大きくなって……」

担任の教諭は拓を真紀の方に押しやると、

「ちょっと主治医の先生にご挨拶してきます」

と言って部屋を出ていき、真紀と拓の二人きりにした。

時間を見計らって部屋に戻ってみると、二人は目を真っ赤にして、笑顔で学校の話などをしていた。会話というより、真紀が次から次に質問して、拓がボソボソとそれに答えているといった感じである。

真紀を毎日見ている回診に付いた看護師も、「真紀さん、今日はいつもより元気そう」と、嬉しげに言う。

だが、安藤家の了解済みとはいえ、あまり遅くならないように拓を帰さなければならない。担任が

「お母さんが疲れるから、そろそろ帰ろうか」

と拓を促すと、拓は頷き、真紀にペコンと頭を下げたが、

「次からは自分だけで来れるよ」

と言い、小さく手を振って帰っていった。

だが安藤は一度きりのつもりだったので、真紀と拓が会うことはもうなかった。

その後、真紀はさらに衰弱していった。

やがて金子医師は、もう、いつ何があるか分からないと宣告した。冷静に、客観的に見ればそうなのかもしれないが、本人はもとより圭司にはとても信じられなかった。

〈自分たちに限ってそんなことが起ころうはずはない〉

という変な確信のようなものが二人にはあったのである。

それどころか真紀は、虚ろな、遠い彼方を見るような上目使いで将来の夢のようなことを口にした。

「拓の初出勤の背広姿がどうしても見たい。そして元気になって、圭司さんの子どもも欲しい。弟か妹ができれば拓もきっと喜んで抱っこしてくれると思う。それだけが望みかな？　圭司さんとは一生うまくやっていく自信が私にはあるから……」

圭司が真紀のそんな様子を金子医師に言うと、「せん妄だと思います」と教えてくれた。

医療の専門家である金子医師の言葉は正しかった。真紀は宣告された三日後に圭司の手を握ったまま静かに息を引きとった。

圭司は涙も出なかった。

真紀に身寄りはいなかった。両親は早くに亡くなり、きょうだいもなく、育ててくれた祖母が亡くなってからは、ずっと天涯孤独であった。そんな境遇もあって、安藤家も真紀を下に見るようなところがあったし、真紀自身も幸薄い子ども時代を過ごしたことから、拓をあえて引き取ることをしなかったようだった。それを裏付けるように、真紀が亡くなったことは学校を通じて安藤家にも知らされているはずなのに、元の旦那も義父母も、誰も来なかった。

かえってその方が良かったと圭司は思った。

それが真紀の思いでもあるだろうと確信していたからである。


圭司はまた一人で店に立っている。

手の回らない時もあるが、一向に気にしない。客が待ってくれればそれでいいし、怒って帰っても、それもまた仕方ない。増やしたメニューもしばらくは続けるつもりだ。

今日も最初の客はなじみの老人、重さんである。

この数カ月、いろいろなことが通り過ぎていき、圭司も多くのことを経験した。

だが、お互いなにも言わず、いつものように重さんは静かに帰っていく。

「お気をつけて！……」

父親の背中を思い出すことは、もうなかった。

綾子

収穫を待つ黄金色の田んぼの真ん中を、スポンジケーキでも切り分けたかのように一本の農道が真っ直ぐ延びている。

文男は鳥取県の西端、美保湾《みほ》と島根の中海《なかうみ》を分断するように北へと伸びる半島の中ほどの町に生まれた。そのまま北に進めば境港《さかいみなと》という漁港に至る。

かつてその周辺は比較的平坦な地域で、整備された水田が広がっていた。海辺に近いといっても少し内陸に入った所で、漁業の町というより、どちらかといえば農家の多かった地域である。しかし近年は近くに空港ができるなど開発が進み、その農業人口も徐々に少なくなってきた。

藤井文男、壮年期には精悍な顔で、百八十センチ近い体躯は人目を引いたものだが、今ではすっかり髪に白いものが増えた。

文男は真っ直ぐに伸びた農道を、昔を懐かしむようにゆっくりと歩いている。この風景だけは変わっていない。

とはいうものの、吹き抜ける風の香りは新しく、時の流れを感じずにはいられない。

新設大学の立ち上げも予定通りに進み、当初の計画どおり滞りなく開校したのを見届けると、文男は七十歳の春にその大学を退官した。

そのあいだに妻の弘子を亡くし、二人の娘もそれぞれ嫁いで巣立っていった。人生の晩秋を迎え、文男は余生の住処《すみか》として、一人、生まれ故郷に帰ってきたのである。

一本の畦道。歩きながら脳裏に浮かぶのは長年生活を共にした妻の弘子であり、奈津子と亜希子、二人の娘を含めたごく平凡な四人家族の想い出である。


……と同時に、ふとした時、頭をよぎるのは、遠い昔に過ぎていったある母子のことであった。

あの時の子どもは今、どうしているだろう。女の子であったことまでは知っている。立派に成人し、よき伴侶を得て、子どもにも恵まれ、幸せにしているだろうか。

母の高子も平穏無事に暮らしてお婆さんになっているだろうか。それとも、思わぬ波乱万丈の道をたどったか……。夕暮れの一本道を歩きながら、文男は思い巡らすのだった。

アヤコ、名前だけ聞かされたその響き、まるで洞窟の中で聞いたかのように余韻が消え去らない。

「一度だけ会ってみたい」

「絶対に会わせない！」

即座に言った、宣告するようなあの最後の電話。高子のきっぱりとしたことばに、「一生、十字架を背負っていく」という覚悟を感じ、文男はやはりそうかと確信した。

あれから半世紀、五十年という歳月が流れた。

今となってはもう何一つわからない。あえて今更調べようとも思わない。わかったところで、何をどうしようというのか。何かができるわけでもなく、波風を立てるだけに過ぎない。

文男は、母子の一生がどうだったかをいろいろ思い描いていた。

その思いの中には、何事もなく、平穏な一生であってくれと祈る一方、長い人生、予期せぬこともあったのではないかと危惧する思いがある。その上、何もせず立ち去ってしまったという後ろめたさのようなものもある。

けれど、もし何かがあったとしても、今となってはどうしようもない。すべて、過去のこととして終わっていてほしいという身勝手さのようなものも、心の中で交錯していた。

歩むたび、まるでからかうかのようにイナゴが一歩先を逃げていく。

「どんな人生が過ぎていったのだろう」

文男は母子の、波乱万丈の人生を想像しながら、一人畔道を歩いている。

そして、自分自身の人生も感慨深く振り返っていた。


文男は高校二年生の秋、最愛の母を病で亡くした。

不治の病に侵された母は、子どもたちの成長を見届けることなく無念の死を遂げた。いかなる時も、見守ってくれていた母の死は、その後の文男の人生に大きな影響を与えた。

それまでは何があっても無条件に味方になってくれる人がいた。いつも後ろ盾となり、守ってくれる人がいた。安心しきっていたのに、温かい布団からいきなり放り出されたような気がした。

ちょうどその頃、文男は進学についていろいろ悩んでいた時で、母の死にショックを受け、自暴自棄のような時期が続いて成績は下がり続けた。

だが、これではいけない、このままでは駄目だという思いは、結果的に文男の向上心を呼び起こし、再起させた。文男は母の笑顔を思い浮かべながら勉学に勤《いそ》しんだ。

十八歳の春、文男は初めて故郷を離れた。

初めてというのは正しくないかもしれない。三年前、高校へ通うために郷里を出ていたので、大学進学のため、その高校のあった地方都市からも離れた。

母の死が文男をよみがえらせた。文男は何かに取り憑かれたように勉強し、一浪して、ある有名大学の医学部へ入学した。

母の希望は文男が医者になることであったし、図らずもその母の死に遭遇して、自然にそういう道を目指すことになったのである。

しかも、そういったいきさつがあったからというわけではないが、なぜか母の死因であった悪性腫瘍学を専攻することになった。悪性腫瘍といっても多岐にわたるのだが、最終的には血液のガンといわれる白血病専門医を目指すことになった。

昭和五十年、文男は医師国家試験に合格し、二年の研修を経たあと、大阪府立メディカルセンター血液内科に着任した。

血液内科は部長の下に二人の副部長がおり、さらに四人の血液専門医がいるという体制である。文男はそこで、血液専門医には必須の骨髄像の見方や、骨髄穿刺《せんし》の手技の鍛錬に明け暮れた。顕微鏡下に見る骨髄像は、基幹病院に赴任すればその部門における専門の技師が判定をしてくれるのだが、血液学を専攻した医師として当然精通していなければならない。ましてや骨髄穿刺となればもう手術であり、その手技は、医師の業務の範疇となり、当然のことながらその訓練に手を抜くわけにはいかない。血液専門の病院だから大学時代より多くの症例があったが、骨髄穿刺となると、そう頻繁に機会があるわけではなく、採血練習のようにお互いがモルモットになることもできない。文男はそういう機会を求めて貪欲に精進していた。

まだ見習いのようなものであったが、積極的に先輩医師の介助に付き、徐々に経験を積んでいった。その努力もあって、主治医として何人かの患者も任されるようになり、第一線で充実した日々を送っていた。

一浪時代から文男はバイトに励み、大学に入ってからも続けた。

母のいる頃ならともかく、当時、すでに再婚していた父にはできるだけ頭を下げたくなかったのである。

そうはいってもバイトだけで医学部に通えるはずはなく、そのバイトもやれるのは最初の二年間、つまり一般教養のあいだだけで、結局は実家の援助を受けることになった。

最初のころは、コンビニの前身であるナイトショップと呼ばれていた深夜営業の店でレジ打ちなどをしていたが、少しでも収入を上げようと、夜のバイトは続けながら新しい仕事を探した。

決まったのは臨床検査センターという血液などの検査をする施設であった。

もちろん資格のいる仕事なので助手としての採用であるが、医学部の学生という有利さもあり、すんなり決まって早速勤めることになった。あくまで見習いであり、働くのも夏休みや冬休みなど長期の休みのときが中心だったが、わずかながら収入も良くなった。


その職場は十人くらいの家族的なところだった。

みな穏やかな人ばかりで雰囲気も良く、年に一度は親睦を深めるための慰安旅行などもあった。

そこには、今も忘れ得ない人がいた。年は文男より四歳か五歳上の野本高子というその女性は、きれいな人ではあったが、すでに人妻であった。


ある年の慰安旅行でのことである。

文男は飲み慣れない酒に酔って、トイレに立ったその途中、廊下に座り込んで脚が立たなくなってしまった。たまたま通りかかった高子は苦しそうな文男を見かね、冷たい水を飲ませたり、ベルトを緩めさせたりして介抱した。何人かの同僚男性に部屋に担ぎ込まれ、翌朝目覚めた文男は、遅くまで高子に介抱されたことを知って恐縮した。

文男は学業が忙しくなり、しばらくバイトを休むことになって、その臨床センターから遠ざかった。

当時文男は、ある私鉄沿線にあったアパートに住んでいたが、あるとき帰りの電車で、偶然、高子と一緒になった。いつぞやのお礼を言ったり、何気なく話をしているうち、彼女の家が三駅ほど先であることを知った。その後も四方山話などをしていたが、やがて文男の降りる駅に着き、何事もなかったように挨拶をして二人は別れた。

アパートは駅から歩いて五、六分くらいのところにあり、歩く道に沿って小川が流れていた。川べりにはたくさんの桜の木が植わっていて、春にはそれを見物に来る人で賑わう。

ある土曜日の夕方、文男が見物人に紛れてそぞろ歩きしていると、その中にたった一人で桜を眺めている高子がいた。家族連れや何かの集団のような人たちが大勢行き交うなかで、妙齢のきれいな女性《ひと》が一人佇んでいるのは、かえって人目を引く。

〈桜を見に来たのだろうか〉

文男が高子に声を掛けると、高子は文男の方を向いて笑顔を見せた。

高子と並び、桜並木を眺めながら「今が満開ですね」と言うと、

「ええ。次の土曜日には、もう散ってるかもしれないと思うと、つい、この駅で降りてしまったの……」と、高子は半ば言い訳するように言った。

文男が、ふと〈旦那さんはどうしてるんだろう〉と思い、尋ねると、

「いつも、十時より早く帰ってきたことはないの。それに、週末はいつも午前様」

そう言った顔が寂しそうだった。

どちらからというでもなく、彼女は文男のアパートにやってきて、コーヒーを飲み終えると帰っていった。文男は桜並木のあいだを急ぎ足で歩いていく高子を窓から眺めながら、なにか運命的な予感をもった。

その後、高子は毎日のように文男のもとを訪れ、仕事帰りのひとときが二人のかけがえのない時間となった。

そしてある日、二人は自然に結ばれた。

文男にとっては初めての女性であった。今にして思えば慌ただしいことだったたと思う。ましてや妻という立場である彼女にしてみれば、夕方の短い時間、買い物などはどうしていたのだろうか。さぞかし気が急《せ》いていたことだろうと、今は想像できるが、そのころの若い文男には当然思

い及ばず、そそくさと帰っていく彼女を恨みにすら思ったりした。

ある日のこと、彼女が妊娠していることを知った。

そして、問い質《ただ》したわけではないのだが、状況的にもそれは文男の子であろうと、文男自身思ったし、彼女も否定しなかった。

すでにその時、彼女は胎内に宿した子を生む覚悟を決めていた。当然、生まないという道もあったが、初めての子どもを身ごもった高子の母性にその選択肢はなく、選ぶ時期も過ぎていた。結婚して何年も子どもができなかった彼女には、はっきりした確信があり、それなりの覚悟があって文男にも妊娠を告げたのであろう。

ところが、それからというもの、なぜか高子は逆に文男を避けるようになり、徐々に遠ざかっていった。

ある意味、それは文男に対する心遣いだった。相手は未来ある医学生ということで、すべては自分の責任とし、一生一人で背負う覚悟を決めていたのである。

それは高子にとって重い決断に違いなかった。夫を欺き、夫の子として生むこともできなくはないだろうが、それはいつか、あり得ない血液型や、子どものどこにも夫に似たところのない不思議として疑念を抱かせ、修羅場を招くかもしれない。

高子の夫・野本俊夫は、日用雑貨を扱う中堅商社の課長であった。長年、子どもができなかったこともあって夫婦の関係は冷え切っており、俊夫に親しい女性がいることも高子には分かっていた。

だが、男の習性として、自分のことはさておき、妻が裏切って子を宿すことなどとうてい俊夫が容認するはずもなく、自分の子として認知するつもりなどさらさらないだろうから、離婚は必至と思われる。

むろん高子にも、夫を裏切ったという後ろめたい気持ちはあるものの、そもそもの事の発端は夫側にあるという思いもある。とはいえ、生まれてくる小さな命のことを思えば、そうしたさまざまな気持ちを呑み込んで夫に頭を下げ、夫の子として育てていけば、少なくとも経済的にはなんの心配もなく暮らしていけるとも考えた。

しかし、一度壊れた夫婦の関係を修復するのは難しい。それはやはり無理だろうと、高子は離婚を覚悟した。

夫に離婚され、文男にも認知を求めないとなると、高子は婚外子、私生児を生むことになる。だが、それも仕方のないことだと考えた。生まれてくる子どもに罪はないが、人は多かれ少なかれ、なんらかの運命を背負って生まれてくるものなのだと高子は自分に言い聞かせた。

したがって、高子は一度たりとも文男に相談することはなかった。むろん、そのころの文男には頼るだけのものを見出せなかったということでもある。

こうして野本俊夫と高子は離婚し、俊夫は高子が出産する前に家を出ていった。若くして家を買い、共働きでローンを返していた二人は、その家も手放し、新しい生活に向けて進んでいかなくてはならなかった。

高子は当初、一人で子どもを産む決心をしていたが、やはりそれは、どう考えても無理があった。大阪府との境に近い兵庫県の宝塚市で生まれた高子には、高校の教師をしている父と、専業主婦の母がおり、高子はその一人娘だった。父は厳格な性格で、校内ではむろんのこと、生徒の家庭にまで怖い先生として知られていたから、娘が離婚して実家へ出戻り、婚外子を生むことなどあり得ない話だった。だが母性の塊のような母は、高子の思いを汲み取り、実家から少し離れたところへ高子を住まわせ、出産の前後、なにかと世話を焼いた。

文男が二十三歳のとき、その子は生まれたはずだった。

疎遠になった後、文男は一度だけ高子に連絡を取ったことがあった。出産後、高子は育児休暇を終えて職場に復帰し、そのことを風の便りに聞いた文男が連絡を取ったことがあったのだった。

その時の電話で、生まれた子は女の子だったと聞かされた。

「一度でいいから、会いたい」

文男は言った。

「絶対に、会わせない！」

高子から、怒ったように即座に返された。

「せめて名前は教えて」

「……アヤコ……」

「どんな字を書くの」

電話は切れた。

その時文男は、やはり彼女にはすべてが分かっているのだと確信した。そして受話器の向こうでは、いかにも後悔の思いしかないといった様子が言葉の端々に漂っているように思った。

すべてを分かったうえで、大人である彼女は文男に責任を求めなかった。

女性の心の機微が分かるはずもない文男は、身ごもったときも、子どもを産むときも頼られなかった情けない自分を思い知るしかなかった。その時の文男は、〈罵られるほうが、まだましだ……〉などと、まだ自分本位の考え方しかできなかった。

だが若い文男は、その一方で、気が楽になったような、安堵する気持ちもどこかにあった。

それ以来文男は、一切高子とは連絡を取っていない。もし何か行動を起こしたとしても、おそらく相手にはしてくれないであろうという思いがあったからだ。

高子の方も、文男と接点を持たないよう職業を変え、職場も変えた。したがって、そのあとの母子がどういった道を歩んだのか、文男には一切分からなかったのである。


文男が大阪府立メディカルセンターに入ったのは、研修医の期間を含めて八年後のことである。ここは、全国でもトップレベルといわれる血液内科があり、とりわけ白血病においては名の通った医療機関である。

学生の頃から研究熱心で優秀であった文男は恩師の美羽《みわ》教授の推薦もあり、三顧の礼をもって迎えられた。文男はそうした周囲の期待にたがわず、臨床に研究にと精力的に取り組んでいた。


大阪府立メディカルセンターに着任して二年後、文男の私生活面に変化があった。結婚することになったのである。

きっかけは、暮れの忘年会で、たまたま整形部長と席が隣同士になったことだった。双方とも酒好きだったこともあり、意気投合した。

「一度、俺んとこへ遊びに来い。娘が意外に料理上手でね。旨いもの作るよう言っとくから。なんなら今度の日曜日はどうだ？」

文男は、いくらなんでも今度の日曜というのは早急過ぎると思い、一応遠慮したが、「そのうち、お言葉に甘えて伺わせていただきます」と社交辞令的に答えておいた。

そして年も明けてしばらくしたある日曜日、文男は整形部長宅を訪ねた。もちろん数日前にそのことは伝えてあった。正月といっても実家に帰る気がしない文男は時間を持て余し、ふと整形部長の言葉を思い出したのである。

門を入ると、手入れの行き届いた松や樫の庭木に小春日和の日差しが降り注いでいる。タートルネックのセーターにコートをひっかけただけのカジュアルな格好の文男は、木漏れ日に浮かんだ飛び石を伝いながら、ゆっくりと玄関へ歩いていった。

玄関のベルを押すと、そろそろ来る頃だと家の中でも構えていたのだろう。程よい間があり、夫人らしき人が玄関の扉を開けた。

「お言葉に甘えて、図々しくお伺いしました」

文男は畏まってそう言った。肉料理だろうか、プーンといい香りがする。

この時に会った料理上手の娘が、妻となった弘子である。弘子は知的で控えめな、品のいい女性であった。

二人のあいだはもちろんのこと、家族とも意気投合した文男は、久しぶりに家庭的な幸せを噛みしめていた。

やがて結婚の話が父親から切り出され、とんとん拍子で進んでいった。文男二十九歳のときである。

周囲みんなの祝福のもと、晴れて二人は結婚した。

翌年、文男三十歳のとき一人目の子どもである女の子が生まれ、次の年には次女ができた。二人とも健康で元気いっぱいの女の子で、長女は奈津子、次女は亜希子と名付けた。

長女の奈津子は、生まれたのが夏だったこともあるが、家族全員で話し合って文男の好きな奈津子という名前に決めた。そして、翌年の秋に生まれた次女の名も季節にちなんだ亜希子とした。


綾子は高校三年、十八歳になっていた。

両親は離婚していて、母と二人暮らしである。綾子が生まれたときにもう父はいなかったから、物心ついてからも、ことさら母に、父親のことを尋ねたりすることもなかった。

綾子は大きくなるにつれ、ひときわ目立つ美しい少女になっていった。肌の色は白く、艶のある黒髪が額縁のように顔を際立たせ、なかでも母親似のくっきりとした二重まぶたの目が、聡明さとやさしさを感じさせた。控えめな性格ではあったが成績は良く、なにか特別な存在感があって、いつも羨望の眼差しで見られていた。

地元の高校ではテニス部に所属していたが、薄い藤色のポロシャツと純白のスコート姿は、男子ばかりでなく女子生徒や教師までもが遠巻きにして眺めてしまうほど爽やかで、コートでは、華奢な体つきながら動きは速く、対戦相手の心理を読みながらボールを打ち込む試合運びの巧《うま》さがあった。


そんな綾子に、恋の季節が訪れた。

電車通学していた綾子は、朝、駅から学校まで行く途中、必ずバレー部の朝練とすれ違った。三十人ほどの部員が三列縦隊で走ってくる。その先頭で号令をかけながら引っ張っていくスリムで背の高い男子が気になっていた。同学年ではあったが、これという接点もなく、淡い片思いの恋で終わりそうな気配だったのだが、ある日、二人が偶然出会う機会があった。

その日はテニス部の練習が長引き、綾子はいつもの電車より二便ほど遅くなってしまった。もう窓の外は薄暗くなっていて、母が心配しているだろうなと思いながら電車のドアが閉まるのを待っていたところ、閉まる寸前、一人の学生服が飛び込んできた。

いつもすれ違うバレー部の彼だった。

ドアに向かって座っていた綾子は予期せぬ出来事にびっくりし、思わず大きく目を見開いて彼を見つめてしまった。

彼もすぐ綾子に気が付いたのか、その驚きように笑みを洩らし、綾子の隣に座った。

「今、帰り？　毎朝会ってるけど、帰りに会うのは初めてだね」

綾子は、彼のほうもランニングの途中ですれ違うことを知っているのだと思い、嬉しかった。

綾子が緊張のあまり黙って頷くと、

「僕はいつもこの時間。君はテニス部だろ？　そろそろ大会だよね」

そんな部活の話から始まり、少しだけ、お互いに自己紹介した。彼の名は馬場徹、部のキャプテンだった。綾子が自分の名を言うと、彼は「知ってる」と言う。

「えっ？」

綾子が驚くと、

「そう言うと、たいていの女の子は、信じる」

したり顔の徹を見て綾子が笑い、徹も笑った。笑ったことで一瞬のうちに親しみをおぼえ、二人の距離は縮まった。

綾子は帰宅後、「大会が近いから、しばらくは今日くらいの電車になるかもしれないけど、心配しないでね」と、母親に初めての小さな秘密を持った。

徹が帰りに乗る電車が分かった綾子には、明日から会える楽しみができた。徹が帰りの電車を早めることはできないから、綾子は一人黙々と居残り練習をする。そして、申し合わせたように二人は同じ電車で帰るようになった。

ただ話をするだけなのに、二人にとってはそれが楽しい。

「じゃあ、また明日」

笑顔で徹は、綾子の降りる駅より二つ手前で降りていく。綾子は周りを気にしながら、徹の背中に小さく手を振る。それだけで綾子の心は満たされ、幸せを感じた。

そんな束の間の幸せな日々が続いていた綾子だったが、それはある日突然やってきた。

放課後、綾子はいつものようにテニスコートで白球を追っていた。一時間ほど経ったころ休憩の笛がなり、全員コートサイドで雑談などをして休んでいた。

「綾ちゃん、どうしたの？」

隣にいた仁美が綾子を抱き起こした。もともと色白の綾子の顔は真っ青だった。春の日差しが柔らかい気持ちの良い日で、熱中症などではないことは誰にもすぐわかった。

少し時間が経つと、綾子はなんでもなかったように微笑んだ。

「ゴメンね、心配かけて。もうなんともないから……。ちょっと眩暈がしただけ」

綾子は周りに微笑みかけた。

その日の夜、テニス部顧問の山野教諭から綾子の家に電話があった。出たのは母の高子である。

「テニス部顧問の山野です。綾子さんからお聞きかと思いますが、今日、練習中に綾子さんの具合が悪くなりまして……。帰宅してからはどんな具合ですか？」

「ご心配をおかけして申し訳ありません。いつもと変わらず元気にしております」

「校内でのことでもありますし、もしお母様の了解がいただけるのであれば、校医の樋野先生の病院が近くにありますので、近いうちに一度そこで診てもらおうと思いますが、いかがでしょうか？　私が付き添います」

「一度病院へ連れていこうと思っておりましたので、そうしていただければ助かります。よろしくお願いいたします」

高子も、いつ休みを取ろうかと思案していたところだった。

近いうちに、綾子は顧問の山野と病院へ行くことになった。

その後、数日間は何事もなく日々が過ぎていたが、ある朝、綾子は歯を磨いていて泡が赤く染まっているのに気付いた。注意して歯茎を見ると全体が赤く充血し、歯根と歯茎のあいだを縁取るように赤い線が波打っている。

「えっ、なにこれ？……強く磨き過ぎたかな」

綾子は練習の始まる前に、山野に何気なくそのことを告げた。

「今から病院へ行こう！　樋野先生がおられるかどうか電話してみるね！」

表情を変えた山野は少し動揺したかのように職員室へ戻り、電話で問い合わせをした。そして、樋野医師の診察を予約すると、病院へと急いだ。

「若い女性によくある軽い貧血だとは思うけど、一応採血していろいろ調べてみようね」

血液の詳しい検査をすることになった。樋野医師も歯茎からの出血が気になっていた。

週明けの月曜日、樋野医師のところで綾子の検査結果が出た。

受診以降、歯茎からの出血がなかった綾子は、それまでの不安を忘れたかのように普段通りの生活を送っていた。

結果の報告は顧問の山野が同行してくれ、二人一緒に聞くことになった。

「眩暈がして倒れたのは貧血のせいです。ヘモグロビンが５・５mg／dlしかありません。問題はその原因です。ＷＢＣ（白血球数）が１８０００と異常に増えており、血小板は６０００と、極端に少なくなっています。歯磨き中に出血したのも、そのせいでしょう。これは、そうなった原因をさらに精査する必要があります」

山野と綾子は顔を見合わせた。

「末梢血液像でも、異常を示す所見がありますから、こちらも精査してみましょう。私の後輩で、その道の専門医がいますからご紹介します。紹介状も書きますが、僕も彼にはしばらく会ってないので一緒に行きましょう。病院は大阪府立メディカルセンターです。早速、今日にも都合を聞いておきますから、日が決まったら山野先生の方に連絡します」

「よろしくお願いいたします」

山野はそう答えて二人は学校へと帰った。

その夜、山野宅へ樋野医師から電話があった。

「今度の土曜日、午前中にアポが取れましたので、その旨、綾子さんとご家族にお伝えください。詳しいことは、またその時にでも……」

メディカルセンターの血液内科は多くの患者でごった返していた。綾子が樋野と待っていると、ふくよかでやさしそうな看護師が微笑みながら近づいてきた。

「樋野先生でいらっしゃいますか？　どうぞこちらへ」

そう言って藤井と書かれた診察室に通された。

引き戸を開けると、文男がカルテに目を通しながら座っている。

「樋野先生、ご無沙汰しております」

文男は立ち上がりながら二人を出迎えた。

「こちらが西口綾子さんですね？」

大体のことは、紹介状の中で把握している。

文男にはおよその見当がつき、これからやるべきことも頭に入っている。血液の悪性疾患である白血病の疑いである。

「さらに詳しい検査の必要があるかもしれません。順を追ってやっていきましょう。場合によっては、入院してもらう必要があるかもしれませんが……」

文男はどちらに言うでもないように、自分の手元を見ながら言った。樋野医師は、予想していたとおりだとでもいうように黙って頷いた。

「えっ、入院ですか？」

綾子のほうは、「まさか！」とでもいうように尋ねた。この数日、少しだるい感じはしていたが、自分では元気そのものと自負していた。母や学校の友達の顔が一瞬頭に浮かんだ。

「今日入院というのではありません。準備もあるでしょうから、今日は採血だけして帰っていただいて、その結果が出るころに再度来ていただくことになると思います」

一週間後の再診が決まった。

検査結果によってはその日の入院もあるとかで、一応その準備もして来てくださいとのことである。

病院のほうでは、もう先の段取りを考えているような雰囲気であった。


一週間後、綾子は再び血液内科を受診した。

当然ながら、このときは高子も同伴したのだが、主治医の藤井に会うことはできなかった。この頃、文男には新設医学部の准教授にという話が持ち上がっていて所用で出掛けることが多く、もう一人の担当医として若い医師が対応した。

「お母さんですね。綾子さんを担当する松下です。藤井先生からはくれぐれもよろしくといった引き継ぎを受けております。今後、直接には私が担当しますが、藤井先生とも相談しながらやっていきますから、その点はどうぞご安心ください」

藤井の後輩だという松下医師から一連の検査の説明があった。

「藤井先生からも説明があったと思いますが、まず末梢血検査といって血液一般の検査をしました。その結果、今日入院していただいて、明日からはさらに詳しく、必要と思われる諸々の検査を行います。これには、レントゲン撮影とか、入院時に受けていただく一般的な検査も含まれます。そしてこういう場合、どうしても必要になってくるのが骨髄の検査です。詳しいことは、また、その時お話ししますが、今回の一連の検査結果を踏まえて、必要となれば骨髄検査を行います。二、三日先になると思います」

白血病の疑いが強いということが、松下医師から綾子本人と母親の高子に告げられた。

その骨髄検査の日はすぐにやってきた。

当初、松下医師が言っていたとおり、〝骨髄穿刺《せんし》〟をやるという。骨に針を立て、中の骨髄を採取して造血機能の状態を見るのである。

松下医師は不安そうな母子をいたわるようにやさしい目で言った。

「以前お話ししたとおり、どうしても必要な検査です。これによって診断の確定と今後の治療方針が決まります。ヒトの血液は骨の中にある骨髄というところで造られていて、今回は腸骨という腰の骨から採取します。もちろん十分に麻酔をしますから、ほとんど痛みは感じません。骨髄を抜くときと術後に少し痛みがあるかもしれませんが、それもいろいろ対応しますから、まったく心配はいりません。安心して任せてください」

やはりその道の専門病院である。すべてに慣れているようで、綾子も医師を信頼し、挑戦するような気持ちになっていた。


一週間後、骨髄検査の結果が判明した。

綾子と樋野医師、それに母親である高子の三人が呼ばれ、説明を聞くことになった。

「こちらへどうぞ。先日の骨髄検査の結果について松下先生のほうからお話があります」

看護師に言われて診察室に入ると、そこにはパソコンを見つめる松下医師が座っていた。チラッと見えた画面には、多数の横文字と赤っぽい写真が写っている。

「単刀直入に申し上げます。残念ながら、心配していたとおり白血病でした。先日の骨髄検査で、芽球《がきゅう》という未熟細胞が増えていて、通常は5％以下なんですが、綾子さんの場合は30％を超えています。染色体など、その他の検査結果を総合してＡＭＬ（急性骨髄性白血病）と診断されました」

綾子と高子は呆然としていたが、突然、

「先生、綾子は助かるんでしょうか！」

叫ぶように高子が言った。高子にとって、白血病とは死の病だった。

「これから、寛解《かんかい》導入療法といって、抗がん剤を使った化学療法を主《しゅ》に治療を行っていきます。大丈夫です。苦しいこともあるかもしれませんが、頑張っていきましょう。私も一緒に頑張ります」

松下のことばに、「よろしくお願いします」と、それしか言えず、二人は揃って頭を下げた。

一人帰っていく母親を、綾子は玄関ロビーまで送っていった。悲嘆に暮れたような高子の肩を、むしろ綾子が慰めるように抱きかかえている。

ちょうどその時、外出先から帰院した文男は、玄関口で二人とすれ違った。

高子は思いに耽っていてまったく文男に気付かず、綾子の方も高子に気を取られて気付かないふうだったが、文男の方は、それが高子だとすぐに分かった。分かるには分かったのだが、文男は目の当たりにしている現実を理解しきれずにいた。

「えっ」

思いもかけない出来事に文男は何度も目を擦り合わせた。目を疑った。そして狼狽を隠せなかった。何年も経っているから少し老けたようではあったが、あの高子を見間違《みまご》うはずがない。

二人の顔はよく似ており、どう見ても母子だが、先日診察した患者の綾子に寄り添っているのが母だとすると、

「と、いうことは……」

文男はしばし茫然として呟いた。こんなことあるんだろうか……、あっていいんだろうか……。

高子は離婚後旧姓に戻っていて、文男と同じ職場にいた頃と名字が変わっていた。しかも文男は、生まれた女の子の名が「アヤコ」と聞きはしたものの、字は教えてもらっていない。綾子のカルテを見てもまったく気付かなかった。

二人が母子ということは……。

文男は動揺していた。頭の中でさまざまなことが駆け巡った。

声をかけ、真実を伝えて今の危機を共有すべきだろうか。しかし、あれから長い時間が過ぎた。現在の家庭状況がどうなっているのか定かではない。軽率に行動を起こし、トラブルになるようなことは避けなければならない。

文男は胸の高鳴りを懸命に抑えていた。

今、綾子に起こっている深刻さが分かるだけに、文男は焦りと狼狽を隠し切れなかった。そして頭の中の混乱を整理し直し、これから自分はどうすべきなのかを考えていた。


文男は血液内科で、部長の片腕として重宝されている。

このセンターに在席して、もう十五年の歳月が流れ、年齢も四十歳を超えた。

ある日文男は、内線電話で部長室に呼ばれた。論文の仕上げに取り掛かっていたが、佐伯部長を待たせるわけにはいかない。机の上をさっと片付け、部長室へと向かった。

「まあ、かけなさい」

佐伯は穏やかな笑みを浮かべながら手でソファーを指し、席を立ってきた。

「実は、来てもらったのは、さ来年、医学部が新設される例の四国の大学のことなんだがね」

佐伯は、具体的に動いている建設状況や、それに合わせて進み始めた各科の教授選考のことを話し始めた。

「話というのは他でもない。君を血液内科の教授に推薦したいという内々の打診が、日本血液学会を通じてあってね。こちらとしては、今、君を失うのは痛手なんだが、君にとっては異例の抜擢ということで、いい話なんだろうし。どうだろうか、ひとつ前向きに考えてみては……」

ただし、と部長の話には続きがあった。

医学部立ち上げまでの学部長はすでに決まっているのだが、その学部長は内科の血液学教授も兼ねているため、そう遠からぬ時期に退任したとき、文男がその後任になるというもので、とりあえずは准教授で、ということだった。むろんそれは暗黙の約束なのだが、

「なにしろ学部長もご高齢だからね。そう何年も先ということではないと思うよ。……今すぐ返事をしなくてもいいから、ご家族ともじっくり相談して、近いうちに返事を聞かせてくれないか？

学会長には、その旨伝えておく」ということだった。

文男は思ってもみなかった話に、やや緊張しながら聞いていたが、「いろいろご配慮ありがとうございます」と頭を下げ、聞かれるまま家族の状況などを話して退室した。

文男は、ここ何年も診療の傍ら研究にも力を入れ、多くの論文を発表してきた。それが認められたというわけだが、地位目当てにやってきたわけではなかったので、どこか面映ゆいような複雑な気持ちがあった。

しばらく文男は一人で考えていた。悪い話ではないし、それどころか名誉なことである。自分の中では、気持ちは固まりつつあった。しかし多くの諸先輩もいることだし、なんといっても妻である弘子の意見を聞かなくてはならない。

その日の夜、文男は弘子にその話を打ち明けた。

「地方都市といっても、四国で一番大きな町だしね。もともと城下町なので落ち着いた雰囲気があるし、静かで住みよい所だと聞いてる。子どもたちもまだ小学生で受験もないし、時期としてはちょうどいい時かもしれないとは思うんだが……」

生まれて以来、ずっと大阪のような大都市で育ってきた弘子はどう思うのか、文男はやや遠慮がちに表情を伺いながら問うてみた。

答えは意外にも二つ返事といおうか、むしろ嬉しそうに弘子は言った。

「行く行く！　私も近々教授夫人になるのね」

案ずることはなかった。おどけて言う弘子を見て、文男は決心した。

しかし心残りといおうか、気になるのは今抱えている何人かの患者のことで、その中にあの綾子もいる。樋野の紹介でもあり、先日玄関で遭遇した二人のことを思うと、単なる担当患者というだけでは済まされない。言うに言われぬ感情に、文男はしばし茫然とした。

知ってしまわなければ、今までどおり、一人の受け持ち患者として見られただろうに……。最後まで関わりたい気持ちはあるが、彼女もいずれ誰かには託さなければならない。というより、このような場合、むしろ誰かに頼んだほうがいいのかもしれない。時には鬼にならなければならないことがあるかもしれない……。

松下医師は、もう既に主治医のようにやってくれているし、すべてを分かってくれている。彼の力量は十分だし、患者のためには誠意を尽くし、とことん頑張る男である。患者のためと思えば鬼にもなってくれるだろう。あの子を任せられるのはやっぱりあいつしかいない。

〈明日、早速正式に頼んでみよう〉

文男は自分の中で納得し、この日は寝ることにした。

気が付けばもう十一時を回っていた。

時を空けずして綾子は治療に入ることになった。

まずは、寛解導入療法として強烈な化学療法を行う。七日から十日間、抗がん剤を投与し、骨髄中の芽球を5％以下に抑え込むのである。

そして正常な白血球が増えるのを待つため、四週間ほど休止期間を置く。

やはり副作用は免れられなかった。吐き気や嘔吐に始まり、粘膜の炎症による胃痛にも悩まされた。顔は浮腫《むく》んでムーンフェイスのようになり、元の綾子の面影はなくなっている。

そして綾子にとってなによりショックだったのは、髪の毛が抜け始めたことである。それは綾子が最も恐れていたことで、徐々に髪が抜け落ち、だんだん地肌も目立ってきた。まるで森林火災の跡のようで、辛うじて焼け残ったものだけが枯れ木となってまばらに立っている。いっそ剃ってツルツルにした方がマシなのだが、すぐに出血するのでカミソリも当てられない。

一番多感でナイーブなころである。十八歳になったばかりの綾子には何よりもつらいことだった。本来なら自然の艶やかな黒髪を羨ましがられる年頃である。色白で透き通るような愛くるしい顔はやつれ、ウイッグは付けているものの、その姿はとても十八歳には見えない。

高子も落ち込み、その姿を見ると、綾子は落胆を通り越し、自暴自棄のような想いにさせられた。

そして何より口惜しいのは、やはり初恋相手の徹のことである。食欲すらなくなるまでの切ない片思いの時を耐え、やっと話のきっかけをつかみ、帰りの電車で束の間のデートを楽しめるようになったのに……。小鳥の囀《さえず》る朝、今日も一日頑張ろう！　と胸弾ませていたのに……。そのことを思うと同じ自分の身に起こったこととは思えない。しかも数週間でこんなことになるなんて、どう考えても納得いかない。

運命のいたずらなどと、ありふれた言葉で片付けてほしくない。歯がゆくて口惜しくて、かといって取り乱すこともできない。身体中がカッと熱くなる。

「それでも私のとるべき道は治療に挑むことしかない」

分かっているだけに余計に悔し涙が溢れてくる。藤井先生も松下先生も代わる代わる顔を見せて励ましてくれる。

時には泣き顔を見られてしまうこともある。どちらでもいい、両のこぶしで思いっきり白衣の胸元を叩き、憂さを晴らしたいくらいの気持ちだが、二人のやさしそうな眼差しに会うと、その気も萎えてくる。綾子は懸命に取り繕って泣きべそでごまかしていた。

正常白血球が増えるのを待って、再び骨髄穿刺を行い、完全寛解に至ったかどうかを調べる。通常、約八割の人がこの時点で寛解を見るのだが、綾子の場合、そうはいかなかった。依然として10%くらいの芽球が見られる。なんとか3%くらいに抑えたい。

この結果、再度寛解導入療法を試みることとなった。

二度目の療法で寛解を見たため、引き続き「地固め療法」に入ったが、薬の効きにくい難治性であることが予想され、このころから「造血幹細胞移植」が検討され始めていた。俗に言われる骨髄移植である。

綾子は一人っ子できょうだいがいないため、松下は綾子を骨髄バンクに登録し、HLAを調べることにした。HLAとは組織適合遺伝子のことで、この型が合わないと移植できない。

松下は、ドナーが見つかれば、地固め療法の早い時点で移植に踏み切る方針だった。


文男はさまざまなことを考慮した上で、四国への赴任の準備をしようと考えていた。

新学部の開設は二年先である。なんとなくもう少し先のことかなと思いつつ、文男は部長に受諾の返事をした。ところが、「立ち上げの準備があるので、そちらでの状況にめどが立ち次第、できるだけ早く着任してもらいたい」とのことである。いま担当している患者をどうするか、血液内科の後の体制はどうだろうか、家族の都合も熟慮しなければならない。文男には、どこから手を付けて良いのやらと、思案する日々が続いていた。

〈患者は先生方に分担してもらうしかないか……。特に気になる綾子はこれまでの経緯もある

し、松下医師にすべてお任せしよう。今後の体制は部長がうまく取り計らってくださるだろう〉
あれこれ思いあぐねていたが、一つ一つ具体的に当たってみると、意外にどれも思ったほど障害となるものはなく、解決に苦慮するほどのものはほとんどなかった。
〈妻の弘子も賛成してくれているし、子どもたちもまだ小学生だし、むしろ早く行った方が慣れていいかもしれない〉

文男は、信頼する松下に声をかけた。

「近いうちに、一度時間をつくってくれないか。相談したいことがあるんで……。君の都合のいい日でいいんだが、できるだけ早いほうが有難い」

同じ血液内科のスタッフである松下には、ある程度察しはついていた。藤井に新設医学部のポストが用意されたことは、漏れ聞こえていたからである。

次の日の勤務終了後、二人は近くの居酒屋で会った。

「君も聞いているかもしれないが、今回僕はセンターを退職し、四国の大学に新設される医学部に行くことになった」

文男が口火を切ると、

「やはりそうでしたか」

松下は予想通りといった顔をしたが、すかさず「おめでとうございます」と祝意を表した。文男はそれに応え、礼を言いながら、

「先方の話では、立ち上げの段階から関わってほしいとの希望があるらしくてね、数か月内に赴くことになった。ついては君にぜひともお願いしたいことがあるんだが——」

と、本題に入り始めた。

「今、僕が持っている患者は部長がそれぞれ取り計らってくれると思うが、その中でも例の西口綾子さんだけは今までの経緯もあるし、ぜひとも君に引き継いでもらいたい。部長にもその旨お願いして了解は取ってある」

文男は、西口綾子は樋野医師からの紹介ということもあるが、なぜだかあの患者は気になる、後輩の君だったら気心も知れているし、安心して任せられるからと、なぜ気になるのかは伏せたまま、松下に引き継ぎを依頼した。

「わかりました。これまでもずっと診てきたことですし、これからも主治医として担当させていただきます。けれど、あくまでも部長の方針だという形を取っていただきたいと思います」

松下は特になんとも思わなかったのか、快諾してくれた。

「できれば、患者とその家族にも納得していただけるよう、君のほうから話してもらえればと思うんだが」

「そうですね……いや、樋野先生には、藤井先生のほうからこのことをお伝えいただいた方が……。今後も樋野先生には逐次ご報告しなければなりませんので」

もとより文男は、樋野には詳しくいきさつを説明しなければと考えていた。

「安心したよ、ありがとう。よろしく頼む」

そう言って二人は別れた。

メディカルセンターを去るめどが付いたと考えた文男は、やっと本気で新しい任務地に赴く準備を始めた。

子どもの学校などへの手続きは妻の弘子に任せてある。

新任地の住まいについては、地元の大学設立準備委員会のほうで準備してくれるそうなので、すべて委ねることにした。

翌日、文男は母校の恩師を訪ねた。

血液学教授である美羽教授は、その道において日本でも知られた存在である。文男は教室に入って以来六年間、美羽教授に師事してきた。文男に准教授の声がかかったのも、美羽教授との繋がりが少なからず関係しているのかもしれない。

文男が「お聞き及びかもしれませんが」と断りながら、新設医学部へ血液内科の准教授として赴くことになりました、と頭を下げると、美羽教授は「いや、おめでとう。今まで頑張ってきた努力の賜だよ」と相好を崩した。

「今日は、二年後の開設に向けて、どのような準備をすべきか、先生にご協力とご助言を賜りたいと、お願いに上がった次第です」

「確かに開設後は言うまでもないが、むしろそれまでの準備の段階のほうが重要だろうからね」

「はい。まずは先生の教室を参考にさせていただこうと思っておりまして。必要な機器等、逐次お聞きするかもしれませんが、なにとぞよろしくお願いします」

「大したお役には立てんかもしれんが、できる限りの協力はさせてもらうよ」

「ありがとうございます。百万の味方を得たような気持ちです」

文男は、愁眉を開く思いで大学を後にした。

文男と家族はその地方都市の空港に降り立った。もう夕方近くになっていた。

空港では、準備委員会の一員だという中年男性が出迎えてくれた。彼は県庁保健福祉課の医療対策グループに所属しているのだという。

「お疲れ様でした。私は県の職員で、沢田と申します。いろいろな業務を仰せつかっていますが、本日は『医学部立ち上げに係る準備及び連絡調整』という業務の一環でお迎えに上がりました。医学部に関することは私共のチームがサポートさせていただくことになっております」

公務員らしく、沢田はかっちりした挨拶をした。

「もしよければ、このまま新居にご案内しましょう。その方がゆっくりできると思いますので……」

沢田はクルマまで案内してくれた。県が誘致に積極的だった経緯もあり、正式に発足するまでは、県が国に代わって業務を代行していくそうである。

一家はミニバンの中から目新しい景色を眺めていた。

瀬戸内海に面したその町は温暖で、窓から吹き込んでくる風までがいつもより柔らかいような気がした。城下町らしく全体に落ち着いており、出会う人も温厚でのんびりした雰囲気が感じられるせいか、子どもたちもどことなく穏やかな表情をしている。田舎に生まれ、地方都市で高校時代を過ごした文男は自分の故郷に帰ってきたようで　懐かしさにも似た思いにほっとやすらぎすら覚えるのだった。

空港は海の近くにあり、県庁所在地でもある市街まで二十分ほどかかる。

そして新居となる家はその市街を挟んでちょうど反対方向、さらに三十分ほど走った郊外にあるという。医学部自体がその郊外にあるので、要は職場の近くに住まいを用意してくれたということなのだろう。

着いたのは田園に囲まれた静かな団地の一画で、そこに綺麗な二階建ての一軒家があった。新築ではないが、貸すだけあって綺麗に手入れされており、塀や壁も塗り替えてあった。あまり広くはないが、庭も付いており、その周りを生け垣が囲んでいる。

田んぼを挟んで、さほど遠くないところに建築中の大きな建物が見える。おそらくそれも医学部の一部なのだろう。外郭はほとんど出来上がっているのだそうだ。夕闇が迫っており、その上まともに差してくる逆光で、医学部の附属病院だというその建物が大きな黒いマントを広げて覆いかぶさってくるようである。

「寝具などたちまち必要なものは先に届いておりますので、勝手ながら私共のほうで中に入れておきました。梱包はそのままになっていますので、あとはよろしくお願いします」

「ありがとうございます。なにからなにまですみません。あとは自分たちでやりますので……」

十分である。至れり尽くせり、有難いことだと文男は思った。

すでに水の張られた田んぼではどこから集まってくるのだろう、カエルがうるさいくらいに鳴いている。

数日して、沢田氏から連絡があった。

「近いうちに医学部教授会の発足式といいますか、顔合わせ会のようなものがあります」

文男は准教授だが、学部長に代わっていろいろ担当することも多いので、オブザーバー的に出てほしいという話だった。詳しい日時は後日知らせるということだったが、県が関わるのは一応そこまでとかで、今後専門的なことは教授会のほうで準備を進めることになるという。

だが、文男の生活面の要件については、引き続きやることになっているので、なんなりと言ってくれとのことだった。そこまで丁重に扱われたことはない文男は、家族にも面目が保たれたようで悪い気はしなかった。


初めての会合は、十日ほどたった五月の下旬に行われた。

会場には四、五十名ほどの人が揃っていた。会員名簿によると基礎系十八、臨床系三十、合わせて教授四十八人ということである。

医学部長は立ち上げの段階から任命されていて、開設までの役目を担っている。

医学部長の挨拶のあと、準備事務局から医学部としての理念や今後の進め方など、大筋の説明があった。

「今から企画書をお配りしますので、各項目を所定の様式に従ってまとめていただき、各教授の先生を通じて事務局の方までご提出願います。早急で申し訳ありませんが、九月の末を期限とさせていただきますので、よろしくお願いいたします。これにより、必要な機器類および人員などのおおまかな数の把握をしていくことになると思いますので、できるだけ具体的に、また実情に合った計画書をお出しいただきますよう」

この会議は顔合わせだったのか、小一時間で終了した。

文男は血液内科立ち上げの準備を着々と進めていた。

全体としては美羽教室をモデルに必要設備の選定を進め、体制もそれに準じて整えることにした。

最終的に教授一、准教授一、講師二、助手およびその他のスタッフが十一、総勢十五名ほどになる。そこに修士課程の学生が加わると、約二十名弱の体制になる予定である。

今後は、美羽教授の指導を受けるほか、既存大学を参考に多くの助言をもらってやっていくつもりで、立ち上げの準備はほぼ予定通りに進んでいる。

だが文男は、順調に進めば進むほど、なぜか綾子のことが気になってくる。気が付けばいつも綾子のことが頭の隅に残っていて、忘れることはない。その後、どんな具合なんだろうか、一度問い合わせてみようか、などと思案しているところに、まさにオンタイムというべきか、松下から手紙が届いた。

お変わりなく、新天地でご活躍のことと拝察いたします。西口綾子さんの、その後の経過についてご報告いたします。

通常のマニュアルどおり、まず完全寛解をめざして導入療法を試みましたが、初回療法では残念ながら目的を達成することができず、再度寛解導入療法を行いました。その結果、なんとか骨髄内芽球数2・5％と、一応まずまずと思われる結果が得られましたが、寛解までに時間を要したこと、その他患者の予後等、総合して検討した結果、今後は可能であれば造血幹細胞移植を目指して治療を進めていく方針となりました。

患者にきょうだいはなく、母親も調べていただきましたが、ＨＬＡは一致せず、やむなく先日骨髄バンクに患者登録を済ませたところです。（実際にはずっと早い段階で、患者登録だけはしておいたのですが……）

今後は、地固め療法を行いつつ、適合ドナーを待つことになると思います。つきましては、患者のＨＬＡ型をお知らせしますので、藤井先生のほうでも、ドナーとして可能性がある方がおられるかどうか、ぜひとも気に留めておいていただきたくお願い申し上げます。

なお綾子さんは、度重なる化学療法にもかかわらず、体調も良く、比較的元気で闘病されていることをお伝えしておきます。

通常であれば初回寛解率は80％近いはずである。

〈難治性なのかな〉

文男は詳しいことが分かるだけにひとごとではない想いであった。専門家同士である。文男の知りたいことはすべて記されていた。

文男は早速返事を書くことにした。

ご報告ありがとう。

西口綾子さんのことは気になっておりました。

お手紙の趣旨も了解いたしました。もし適合型に遭遇するようなことがあれば、いの一番に連絡いたします。

それと、この件についてぜひとも君に折り入ってご相談したいことがあります。こちらの準備作業が一段落したら一度そちらに出向きますので、時間をとって下さい。

（手紙ではなかなか難しい問題なので……）

その時はまたこちらから連絡します。では何卒よろしく。


二週間後、文男は大阪にいた。夕方、松下と居酒屋で落ち合うことになっている。

文男は先に着き、一人ビールを飲んでいた。

「お待たせしました、先生！　お元気そうで何よりです」

松下は外連味《けれんみ》なく入ってきた。

「やあ、久しぶり！　今日は無理を言ってすまないね」

「いえ、とんでもない」

松下は挨拶もそこそこに腰を下ろすなり、おしぼりで手を拭きながら言った。

「早速、彼女のことなんですが、先日から地固め療法に入りまして、今ちょうど正念場を迎えているところです。しかしドナーがなかなか見つからず、ヤキモキしているところです」

「なかなか大変な様子だね。……実は、そのことで折り入って君に話を聞いてほしいことがあってやってきた。まあ、まずは一杯注がせてくれ」

文男はそう言って松下のグラスに泡を立てないよう、静かにビールを注いだ。そして、いきなり切り出すのもどうかと、四国での近況などをしばらく話し、おもむろに本題に入っていった。

「今日、君に相談したいというのは他でもない、その西口綾子さんのことなんだ。先日君がくれた手紙によると骨髄移植を考えているということだが、実は、二人いる僕の娘をドナー候補として考えてはくれないだろうか、ということなんだ。いきなりこんなことを言っても意味が分からないかもしれないが、一度調べてみれば……あるいは骨髄バンクより確率が高いかもしれないんだ」

松下は、なにかいつもと違う文男の様子にただならぬ雰囲気を感じていた。

そして、「これから話すことをよく聞いてほしい」という文男の言葉に、黙って頷いた。

「君だから恥を忍んで話すんだが……」と藤井は躊躇《ためら》いながら口を開いた。

「実を言うと、綾子さんは娘たちと異母姉妹の可能性がある。もしそうであれば、真の姉妹間ほどではないかもしれないが、バンクよりは高率で一致する可能性がある」

ＨＬＡは真のきょうだい間だと、理論上では四分の一、25％の一致が期待できるが、骨髄バンクなど非血縁者となると、その確率は数百～数万分の一という確率になる。

「えっ、異母姉妹？　先生のおっしゃってることがよく分かりませんが……。それは綾子さんも先生の血縁関係にあるっていうことですか？」

さすが松下も専門医である。核心を外して、あえて遠回しにそう言った。

「君が驚くのも無理はないが、実はそういうことだ」

文男は、松下が二回目の診察をし、ＡＭＬ（急性骨髄性白血病）だと二人に告げた日、綾子が母親と病院の玄関を出ていくのと、外出先から帰った自分とがすれ違ったと話した。

「向こうは気付かなかったが、その時僕は、本当にびっくりしたよ。目を疑うとは、ああいうことを言うのかもしれない。そのお母さん、つまり西口高子さんはよく知ってる人だったんだ。僕は大学に入ったころ、しばらくのあいだバイトしていた時期があった。実は、その時知り合って付き合ってたのが彼女なんだ。当時は野本高子っていったけどね。そして、結婚して長いあいだ子どもができなかったのに彼女は妊娠した。いろいろいきさつもあったんだが、僕は学生だったしね、年上だった彼女は一人で抱えようとし、夫の子として女の子を生んだらしい。らしいというのは、その頃はもう会ってはもらえず、子どもにも絶対に会わせない、ときつく言われて、その後、連絡も取れなくなった。したがって、彼女が僕の子だと言ったことは一度もないが『絶対、会わせない！』と怒ったように言われた時、なぜだか僕は逆に自分の子だと確信したんだ」

松下は沈黙している。驚きのあまり、絶句しているのだろうか。

文男は続けて言った。

「いろいろ考えてみたが、主治医の君に相談するしかいい方法が浮かばず、恥を忍んですべてを打ち明けた。はっきりと言おう。一度、娘たちをドナーの対象として調べてほしい。もちろん、君に迷惑がかかるといけないから型は知らせてくれなくていい。主治医として合致するかどうかだけ判断してほしい。

ただしHLAが一致した場合でも、実際にドナーとして受けられるかどうかは、今、ここで確約はできない。いくら我が子とはいえ、本人の同意も必要だし、特に妻の承諾を得るのは簡単ではないだろうと思う。その時は、僕自身もそれなりの覚悟がいる」

「おっしゃる趣旨はよく分かりました。にわかには信じられないようなお話ですが、そのためにわざわざ大阪まで出向いてこられたわけですし、ましてや藤井先生の言われることなので真摯に受け入れています。

お手紙でお知らせしたとおり、最初の化学療法は思ったようにはいきませんでした。今後もマニュアルどおりに進めていく予定ですが、同時に造血幹細胞移植の手配もしておいた方がいいのかなと、先日もバンクに問い合わせてみたんですが、残念ながらまだ見つからないようです。しかし、血縁者にドナーの可能性があるということであれば一度調べさせていただいて、もし合致すればもちろん血縁者を優先します。ただ、先生に申し上げるまでもなく、それは綾子さんの容態次第で、移植に至らないこともあるかもしれません。可能性のあるあいだはもちろん最善を尽くしますが……残念ながら、すべて順調にいっているとは言い難い状態です」

松下は誠実にありのままを言った。

「二人には何か理由をつけて採血し、君のところまで送るからよろしく頼む。HLA検査の結果が判明するまでは、子どもたちにも詳細は伝えないつもりだ。親子といえども、後ろめたいところがないわけじゃないし、いたずらに事を大きくはしたくないので……」

「わかりました。こちらもそのつもりで事を進めます」

やはり医者同士、お互い話が通じるのは速い。

そして検査の時期については、改めて松下から連絡することになった。


その後、地固め療法を受けていた綾子は陽圧室に入り、外部との接触を避け、地獄のような副作用と闘っていた。その治療も、患者の容態次第では続けることができるかどうかわからない。発熱が続いており、体力も徐々に衰えてきている。

松下をはじめチームのメンバーは、化学療法を一旦中断して様子を見ることに意見がまとまりつつあった。

寛解導入療法で一度失敗し、地固め療法でもうまくいかないとなると、やはり移植を考えざるを得ない。しかし患者の状況によっては、それもできるかどうか分からない。とりあえず患者の体力が戻るのを待って、再度その時点で考えることにした。相変わらずバンクから音沙汰はない。

状態は徐々に厳しくなり、ドナーの当てのないまま、チームクルーにも焦りのような雰囲気が起こりつつあった。

松下は覚悟を決め、藤井と連絡を取らなければと、直接、電話をすることにした。

「先生。あまりいい話ではないんですが、西口綾子さん、厳しい状況です。副作用が強く、化学療法を続けられない状態なので、しばらく中断して様子を見ているところです」

「そうか……」

「残された可能性は移植ということになると思いますが、それもドナーが見つかりそうにありません。先生が以前おっしゃっていた娘さんが適合するかどうか、一度調べさせていただけないかと電話させていただいたんです」

「もちろん、調べてもらいたい。娘たちにはどう言って協力してもらうか、じっくり考えてみることにするよ。だが、以前も言ったように、もし一致しても実際ドナーになれるかどうかは、また別の問題として承知しておいてもらいたい。僕の気持ちだけで決められる問題ではないので……」

後日、検査は病院を通じて行う、つまり松下のオーダーで検査委託することとし、結果報告も直接松下のところへ送られることになった。そして採血セットは、ラボから文男のところに郵送されることで了承した。

文男は引き続き医学部立ち上げの準備に追われていた。

多忙を極めたが、準備委員会の協力や美羽教授の助言を得て順調に進んでいるといっていい。
しかし、同時に文男は大きな課題を抱えていた。それは言うまでもなく、娘たちの検査のことである。

どう言って採血の同意を得ようか、あまり策を弄するのも良くないし、かといって、事実全部をさらけ出す段階でもない。すべて真実を話すのは、まだ先といおうか、実際ドナーとなり得ると分かった時点でいい。いたずらに事を大きくする必要もない。文男は自分に言い訳をしつつ、必死に最良の道を探っていた。

綾子のことは伏せておくにしても、二人には真摯に向き合い、医師として誠実に話してみるしかない。

この時、娘は十一歳と十歳である。

「お父さんの患者だった子なんだが、白血病で苦しんでいる人がいる。その子は奈津子より少しお姉さんで、もしその人に元気な血をあげることができたら、また元気になれるかもしれない。そのためには二人の血をまず調べて、あげることができるかどうか検査してみなければならない」

「血液型が一緒でなければいけないんでしょう?」

長女の奈津子は健気《けなげ》に言った。普通の輸血のつもりでいるらしい。

「まあ、そういうことだ」

詳しいことは言っても、まだ理解できない。文男はそういうことにして続けて言った。

「じゃあ、二人の血を採らせてくれる？　ほんの少し、小さな注射器一本くらいだからね」

妻の弘子には前もって話してある。

調べても合わない可能性の方が高いこと、かりに合致してもドナーを受けるかどうかは、またその時よく考えればいいということを、とくと話して検査自体の了解は得た。

もちろん弘子にも、もともと文男の患者であったということと、バンクではなかなか見つからないということ以外、綾子の情報は伏せてある。


このころ綾子は、さまざまな副作用と闘っていた。

微熱が続き、十円玉ほどの口内炎、頭痛や鼻出血にも悩まされた。だが、何よりも綾子が気にしているのはやはり脱毛である。髪の毛だけでなく、眉毛や睫毛まで抜け落ちてしまった。

親友の仁美が来たときのことである。

「徹君が、一度お見舞いに行きたいって言ってるよ」

「ダメッ、絶対に来ないよう言って!!」

綾子は即座に、反射的でさえあるように声を荒げた。

「綾子ちゃん……」

「ごめん……。だって私、こんな姿、見せられないもの」

「分かってる。徹君も綾子ちゃんの気持ちを知ってるけど、それでも会いたかったんだと思う」

「うん……」

徹には来ないようにと、手紙にも書いてはっきり断ってある。来ることはないとは思うが、徹と一緒に行きたかったところ、徹と一緒に体験したかったことなど、いろいろなことを想像すると、せつない。やっと話すきっかけができ、これから楽しい日々が待っていたはずだった。

本当は顔だけでも見たい。それが綾子の正直な想いであった。身体の苦しさは我慢して見せないようにしたとしても、今の姿は隠しようがない。それを見られるのだけは絶対にイヤだと、綾子は悔しさと哀しさで打ち沈んだ。


高子は毎日、顔を見せてくれた。

「今日の具合はどうお？」

高子の決まり文句である。

「いつもと同じ！　悪くもないけど良くもな〜い」

綾子は努めて明るく言う。

綾子はいつも高子似と言われる。自分でもそう思う。父のことは知らないから分からないが、父にはあまり似ていないということなのだろう。周りの人がそう言うから、そうなのかもしれない。でも確かに自分でも、どこがどうというわけではないが、とにかく母によく似ているなあと思うことがある。その母を悲しませたくない。綾子は努めて元気な様子を見せていた。

綾子は感染予防のため陽圧室で管理されているので、直接会うことはできないし、あまり長居もできない。ガラス越しに微笑みあって、高子は病院をあとにした。

〈どうしてこんなことになったんだろう。でも私は決して諦めない。私が強くなければ……〉

高子はいつも自分に言い聞かせている。因果応報なども考えない。そんな考えは不条理だし、古臭い。

なにより、そんな風に考えたら自分が惨めになるだけだ。

〈私が元気をなくせば、綾子は誰に縋ればいいの？　とにかく私がしっかりしなければ！〉

女一人でここまでやってきただけに、高子は逞しく凛とした芯の強さをもっていた。

新設医学部の体制は順調に整いつつあった。

文男の血液内科の教室も人選がほぼ終了し、ある程度の見通しのようなものが見えてきた。後は、実際に稼働させながら、ディテールを整えていくことになる。

数日後、採血キットが文男の許に届いた。

二人の子どもには、以前話していたとおり、もう一度説明してから文男自らが採血した。その後、自分の分は居合わせた看護師に採血してもらって三検体をラボに送付した。これで適合するかどうかが分かる。

自分自身が適合すれば一番いいのだが、もし子どもたちのどちらかでも適合すれば、改めて妻にもすべてを話さなければならない。

そして、その場合、綾子が自分の子どもである可能性はグンと高くなる。

偶然であることも否定はできないが、異母とはいえ血縁者であれば一致する確率は断然高い。この際、DNA検査をし、自分と綾子が親子かどうか調べることも考えられないわけではないが、今回の場合、道義的になぜか憚られる。

そして、はたして自分はどちらの結果を望んでいるのだろう。綾子は助けたいが、真実を突きつけられるのも怖い。

動き出してはみたものの、まだ結果の出る前から、文男は自分自身の優柔不断さを思わずにはいられなかった。

綾子は、相変わらず陽圧室で副作用と闘っていた。良くないことに微熱も続いている。ドナーが見つかるまで、なんとか化学療法で抑えて体力を温存しなければならない。そのためには、副作用と効果の度合いを見極めながら薬の繊細な投与が必要となる。微妙な匙加減が求められる治療である。

ここまで母子二人で生きてきた。お互いを思いやり、励まし合ってきた。

主治医の松下も、適度の距離を保ちながら二人の絆を見守ってきたつもりだが、綾子の父親の影は見えない。それが気にはなってはいたが、主治医といえどもプライバシーについてはむやみに踏み込むことはできない。

そのこととは別に、松下は現在の状況や今後の治療方針などについて家族を含め、一度よく話し合いたいと思っていた。

「綾子さんの今後の治療方針については、ご家族を交えてご相談したいと思っているのですが、もしほかにご家族がおられるのでしたら、一度全員でお越しいただけませんか」

「家族は私以外おりません。綾子と二人でお聞きします」

高子はハッキリとした口調で言った。そういえば以前、適合検査をした時も家族は母親である高子一人だけだった。

「もしほかに血縁者がいらっしゃれば、適合の可能性があると思ったんですが……」

高子はその言葉で話の真意を察知した。別れた夫がいるにはいるが、実質骨髄バンクと変わらない。高子はそこまで思って、それ以上何も言わなかった。

松下は事前に藤井の話を聞き、彼の口から綾子が自分の子ではないかと思っていると聞いていたが、それはあくまで藤井の勘でしかない。言葉は良くないが、高子に〝さぐり〟を入れ、綾子の父親が誰なのかを聞く意味合いもあった。


高子は時々考えることがあった。素人なりの知識のなかで秘かに期待すら抱くこともあった。

〈もしかすれば、異母きょうだいがいるかもしれない〉

文男が家庭をもち、子どもがいても不思議ではない。むしろそう考えるほうが普通かもしれない。高子がそれをあえて口にしないのは、すべて分かったうえで綾子の宿命にすべてをまかせていたからだった。

頼ろうと思い、今更文男を探し出して縋ってみたところで、目的が叶うとは思えない。それくらいなら、綾子が生まれたとき、すべてを文男に委ねるべきだったかもしれないのだ。

事態はさらに悪化した。綾子が三十九度の熱を出した。化学療法で白血球も減っている。胸部レントゲンの結果、肺炎の疑いがあった。最も恐れていた事態である。

化学療法を中止し、抗生物質が投与された。抗生物質で熱を下げ、白血球が回復してくるのを待つしかない。しかし抗がん剤を中止すれば、その後の治療ができるかどうか……非常に厳しい事態と言わざるを得ない。

数日後、松下のもとに文男親子の検査結果が送られてきた。

松下は宝くじの番号を照合するかのように恐る恐る開けてみた。奇《く》しくも、長女の奈津子が「移植に重要な部分で一致する」という結果である。八抗原すべてに一致するのが理想だが、奈津子の場合、移植は可能だという。

さて、これをどう伝えるか。ドナーが見つかったのはいい話だが、奈津子は承知してくれるのか。してくれたとしても、果たして肝心の綾子自体が移植を受けるに可能な状態であるのか……。松下はむしろ悩みの種が増えたかのように思案していた。

翌日、電話をした。

「先生！　上のお嬢さんの奈津子さんが移植可能だということでした」

知らせを受けた文男は、瞬間的に狂喜した。綾子を救えるかもしれない！

だがその後、文男の胸に急に複雑な思いが込み上げてきた。綾子はもちろん助けてやりたい。しかし、そうするには妻の弘子と奈津子にすべてを打ち明けなければならない。元の主治医というだけの理由では承知してくれるはずがない。何も知らさず、ただの偶然として納得してくれればいいが、その時でも二人を欺《あざむ》くことになる。

もし真実を話せばどうなるか……。

真実を知ったら知ったで、弘子にはそう簡単に受け入れられることではないだろう。ほかの女性とのあいだにできた子どものために我が子を犠牲にする。命の危険まではないにしても、かなりの侵襲があることに変わりない。しかも今の今まで内緒にされてきた。弘子の心中を思えば、

〈とても言えない!!〉

想像しただけで文男は頭を振り、身震いするような思いであった。

一方、高子と綾子も同じように大切な母子である。むしろ今まで一顧だにしてこなかったことを思えば、自分の立場だけを考えている場合ではない。せめて罪滅ぼしをし、償いをすることを忘れては、男として、いや人としての倫理すらない。

と言いながら、今更男の責任などと考えること自体男の独りよがりで、むしろ弘子を、より蔑《ないがし》ろにするような仕打ちではないのか……。〈結婚前のこととはいえ、責任を取ってほしいと思うのは、むしろ弘子のほうではないのか〉

文男の頭の中で、さまざまな思いが錯綜した。

さらに文男は考えてみた。

有り得ないことだが、立場が逆で、弘子と昔の男とのあいだに白血病になった子どもがいたとして、ＨＬＡが一致したからといって弘子はすべてを打ち明けて頼んでくるだろうか？　仮に頼んできたとして、その時自分は冷静でいられるだろうか？　すなわち、知りもしない他人の子のために我が子を犠牲にできるだろうか？

そして今、自分は「弘子の心情を思えば、とても言い出せない……」などと、移植を先に進めないことの口実にしてはいないだろうか。

自分自身を見つめ直してみると、ずるさのようなものも否定できなくなってくる。綾子の身を案ずるというより、自分の立場が悪くなることを恐れているのではないか……。事実、奈津子が一致したと分かっているのに、今も思いあぐねている。この期《ご》に及んで、まだ自分の立場を取り繕っている。

自分の本心を覗いたようで、文男は愕然とした。

以前にも自分の優柔不断さに悩んだことがあった。

「しかし……」と、文男に電話をしてきたときの松下は、一瞬間を置いた後、続けて言った。

「同じ医者同士として申し上げるんですが、一致はするものの、正直言って移植に漕ぎ着けられるかどうか厳しい状態です。綾子さんは現在肺炎を起こしており、抗がん剤は中止しています。移植となれば完全に骨髄を叩かなければなりませんが、おそらく肺炎に耐えられないでしょう。まことに残念ですが、奈津子さんにドナーとなっていただいても、そこまで辿り着けるかどうか……。したがって、ご家族にお話になるのは少し待っていただいて、今しばらく綾子さんの様子を見るほうが優先されるかもしれません」

家庭に波風を立てただけで、移植とならなかったというのが最悪のパターンだと、松下は暗に言っていた。文男は複雑な思いであったが、この松下の心遣いがありがたかった。自分ではもう決められなかったのである。

正直、助け船のように感じるところもあったが、綾子のことを思えばやはり心が痛んだ。

そして文男はまた悩んだ。

〈僕はそのポーズをしているだけで、本当に綾子を救いたいと思っているのか?、現にどこかホッとしているところさえあるではないか。自分自身は誤魔化せない。……いやしかし、そこまで明かすのは愚直に過ぎないか……〉

さまざまな思いが心の中を巡っていた。

父親としてどこまで思いを通せるか――。押し通したとしても、綾子の今の状態を考えれば、移植はむしろ厳しいかもしれない。だが結果は結果。そこまで尽くし通すことに意味があるのではないか。このまま見過ごせば、また見捨てたことになる。

文男は綾子に無性に会いたくなった。

「藤井先生が来てくださったよ！　覚えてるかな？　今は四国の大学におられる。仕事の関係で大阪に来られたんだけど、綾子さんにぜひ会いたいと来てくださった」

綾子はもともと色白であったが、長期の療養で顔はますます青白く透き通るようであった。年頃の娘らしく肩まで垂らしたウイッグをつけている。綾子はもちろん覚えていて、文男が入っていくなり弱々しく微笑んだ。

「綾子さん、頑張ってるな！　松下先生に聞いたら、今はちょっと熱があるけど、全体に治療はうまくいっているということだからね。この病気の治療は確かに苦しいけど、我慢すれば必ず良くなるからね」

文男は哀れな我が子を慈しむように、感情を押し殺してそう言った。この蒼白だが鼻筋の通った横顔と黒い瞳の持ち主は、もう他人とは思えない。文男は、湧き上がってくる涙を必死でこらえた。ぎゅっと手を握り、肩を抱き締めてやりたい気持ちを懸命に我慢した。綾子が訝《いぶか》しく思ってもいけないし、今は極力体には触れないようにしなければならない。

綾子は懸命に笑顔をつくり、来てくれたことへの礼を言った。そして何を思ったか、傍らに置いてあった真珠のタイピンを文男に差し出した。

「先生、これ、今日のお礼です」

聞けば、以前、母と伊勢に旅行したとき、体験ツアーで作ったものだという。

「大人になって、プレゼントする人が現れたらあげようと思ってたんですけど、先生にあげます」

「どうしてそんな大事なもの！　大人になるまで大切に持ってたら？」

「どうしてって言われても、分からないけど。遠いところから来てくれた先生に、急にあげたくなったんです。この真珠、本物よ」

「そう。嬉しいな、ありがとう」

文男はそう言って受け取った。誰に渡そうと思っていたものかわからないが、事の成り行きとはいえ、急に綾子の気持ちをそうさせたものが自分にあるのだろうか、逃れられない運命の綾のようなものを感じるのだろうかと、狼狽するような気持ちもあった。

最近、松下から頻繁に連絡が来る。

やはり綾子の状態は良くないのだという。微熱が続き、化学療法を始められないという。肺炎は致命的である。いくら若い綾子といえども、耐え続けるのは難しいかもしれない。

そして、そうした状態では移植も難しい。

松下は藤井と連絡を取りつつ、専門医のグループとも相談しながら慎重に最善の道を探っている。


やがて綾子は呼吸困難に陥った。懸命の治療にもかかわらず綾子の命は遠のいていくばかりである。高子は半狂乱のようになって、松下に綾子を助けてくれと懇願している。

松下はつらい立場にある。

しかし、どんなに頑張ってみてもどうにもならないことがこの世にはある。高子の突き刺さるような視線を感じつつ、松下は無言を続けるしかなかった。

「お母さん、無念ですが諦めなければならないかもしれません。力不足を許してください」

どうしようもないことは､高子も承知している。分かっていても諦めきれないのが親子である。

悔し涙が溢れてくる。もって行き場のないこの悔しさは誰にぶつければいいのか……。

そして高子は呟いていた。

「大丈夫です。私の綾子は、絶対死にません」

数日後、松下と文男は電話で話していた。

「先生、残念ですがダメでした。昨夜遅くに綾子さんは亡くなりました。ご期待に沿えなくて申し訳ありません」

「いや、本当にありがとう……ご苦労さまでした」

医者同士、すべてを語らなくても、いきさつ、状況はすべて分かっている。医療に携わっているると、どうにもならない虚しさを感じることはよくある。ダメな時は肉親でも助けられない。

文男はただ、不憫な我が子を憐れむばかりであった。


結局、移植は現実のことにはならず、綾子を救うことはできなかったが、文男はすべてを投げ捨て、なんとかしてやりたいとは思い、そう行動した。自分に今できる、できる限りのことをやろうとはした。それがせめてもの償いだと思った。


奈津子たちは、もう検査したことすら忘れて日常を暮らしている。

弘子にも綾子が亡くなったことはいずれ話さなければならないが、話したところで、弘子は一人の元患者が亡くなったとしか思わないであろう。

文男は高子のことも思った。その後、高子はどうしているだろうか。慰める方法があるなら、松下を通してなんとかしてやりたい。場合によっては住所を聞くこともできる。

しかし、松下は言った。

「先生のご心情はよく分かります。でもこのまま、そっとしておくのも、むしろ男の償いじゃないですか」

〝せめてもの〟と言いたいところを、先輩を斟酌《しんしゃく》したのか〝むしろ〟と置き換えて松下はそう言った。文男の胸に、グサリとそのことばが突き刺さった。

そして、この期に及んで、なお立ち位置を気にしている自分にずるさを感じ、愚直さを恥じた。

高子は、ついに最後まで、文男が主治医であったことを知らなかった。「藤井先生」ということばをどこかで聞いたとしても、すぐに、自分がかつて愛した男だと結びつかなかったかもしれないし、たとえ気付いたにしろ、かつて、将来ある医学生の行く手を阻んではならないと、文男には一切何も求めず、すべてを自分の責任において子どもを生み育てた彼女にとって、無縁な人に違いなかった。

文男は、高子の犠牲の上に、自分が求める道を歩んできた。その道とは、文男の母の死の原因になった悪性腫瘍によって亡くなる人を、一人でも減らしたい、救いたいということである。

だが文男にとって、綾子の病ほど苛酷な試練はなかった。医師としての崇高な使命感はおろか、人としての倫理観すらも問われる究極の選択を迫られ続けた。

文男は、医師としての良心、地位、家庭を天秤に掛けながら、綱渡りをするような思いではあったが、綾子の命を救おうとだけはした。

そして、その選択をする前に綾子はこの世を去った。

結局のところ、医師としても、親としても、綾子の命を救うことはできなかった。

文男は日の傾いた一本の畦道をゆっくりと歩いている。

黄金色の稲穂が、風で左右に揺れている。頬に風を感じ、文男はふと我に返った。

すっかり空想の世界を彷徨っていたようだ。

高子とアヤコ、二人の人生がどんな歩みだったのか、自分の職業から想像してみたが、何ごともなく夫の俊夫とともに普通の家族として生涯を過ごしたかもしれないし、夫にアヤコが自分の子でないとわかり、離婚して母子二人の人生になったかもしれない。あるいは、想定すらできない、まったく違った人生を送った可能性もある。

いや、それどころか、高子か夫の俊夫、場合によっては両者ともが早くにこの世を去っていたということもあり得ないことではない。若いとはいえ、アヤコ自身が健在であるかどうかも定かではない。

とにかく、アヤコと高子がどのような人生を辿ったのか、今となっては何も分からないのである。

身勝手かもしれないが、文男が今一番望むのは、どんな人生であったにしろ、母子、とりわけ高子には悔やんでほしくないということであった。お互い、その時は真剣に生きたのである。

高子にとって、自分はなんだったのだろうか。

高子の人生に何を残したのだろうか。

また、文男の人生に高子がいた意味はどこにあるのだろうか。

お互い改めて問われても、どちらもおそらく答えられないだろう。これが人生というもので、影響し合っているようで、実はほとんど関係ないのかもしれない。少なくとも、お互いの日常にお互いは存在しない。

残り少ない文男の人生。

文男の人生には弘子の面影があり、二人の娘の存在がある。

アヤコの生涯も知りたくは思うが、その勇気もないし、その資格もない。

薄暗くなった畦道を、文男はただとぼとぼと歩き続けた——。

妻と行く城

明け方近く、夢のなかで声を聞いたような気がした。

「ねえ、起きて！　出掛けるよ」

今度ははっきりと聞こえたので目を覚ますと、旅行支度の良子《よしこ》が孝一の枕元に立っている。ギンガムチェックの綿シャツにデニムのベスト、ジーンズという姿で、いつでも出掛けられるといった状態である。

良子はしょっちゅう、「お城祭りに行きたい」と言っていたが、そのお城とは現存天守のある十二城のうち、最後に残った最北の弘前城である。

現存天守は、江戸時代か、それ以前に建設され、現代まで保存されている天守のことで、国宝が姫路城、犬山城、彦根城、松本城、松江城の五城、重要文化財が弘前城、丸岡城、備中松山城、丸亀城、高知城、伊予松山城、宇和島城の七城で、孝一と良子はこのうち十一城を訪れ、残すは青森の弘前城だけになっていた。

四国から青森県まではさすがに遠い。マイカーで行くわけにはいかないので、空の旅である。かつて、長野県の松本城までは車で行ったことがあるが、さすがにそれ以上遠いとなるとその気になれず、孝一はあっさり飛行機を容認した。


良子は道中の機内、隣の席で眠そうな顔をしている孝一の横顔を見ながら、初めて孝一と出会った頃のことを思い浮かべていた。

孝一に初めて会ったのは、良子が高校を卒業してビジネススクールに通っていたころのことだった。

良子は、「まず大丈夫だろう」と言われていた公立高校の入試に失敗し、不本意ではあったが、その地方では一応名の通っていた私立の女子高に入った。入学当時は、第一志望校ではなかったこともあり、しばらくは落ち込んでいたのだが、やる気を失くしかけていた良子を救ってくれたのは、部活動だった。ある新任教諭がそれまでなかった剣道部を立ち上げるというので、良子はそこに入部し、女子剣道部が誕生した。

〝部〟ができるにはできたのだが、それからが大変だった。教諭以外は全員が未経験者なので、防具の着け方からして分からないといった状態だった。毎日の練習も、そのやり方から習っていくといったありさまである。

一年ほど経って初めて組まれた練習試合も、近くの道場の初等科を招いての練習試合で、相手は可愛い小学校低学年の子たちばかりだったが、全員が真剣そのものだった。

振り返れば、夢中で駆け抜けた三年間だった。部員全員が指導教諭を交えてがむしゃらに突っ走り、これといった実績は残せなかったものの、充実した高校生活だった。良子は、このまま女子高校生でいたい、という気持ちすらあったが、押し出されるように卒業する日を迎えた。

良子は、社会に出るまでの緩衝期間くらいの気持ちでビジネススクールに通い始めた。電話対応や来客へのお茶出しといった基本的なビジネスマナーをはじめ、簡単な簿記など、一般事務に必要なことを学ぶところである。

その際良子は、もう義務教育ではないのだから、お小遣いくらい自分でなんとかしなければと思い、学校が終わったあと、軽食喫茶の店でアルバイトをすることにした。

見るものすべてが華やかで、夜の街は輝いていた。その店は、アルバイトの学生も多く、若者中心の明るい雰囲気の健全な店だったが、高校を出たばかりの良子には周りの人がみな大人に見えた。

純然たる喫茶の店ではあったのだが、近くに有名なナイトクラブがあり、夜八時を過ぎると、ホステスさんの休憩時間なのか、綺麗なドレス姿のままコーヒーを飲みにきたりする姿が見られ、店の雰囲気が一気に華やぎ、明るい夜のムードになるといった不思議な店だった。

そんななか、アルバイトの良子たちだけがTシャツにジーパン姿、唯一、店名の入った胸当てエプロンだけが店員だとわかるいでたちで駆けずり回っていた。

アルバイト生の中には男子学生も何人かいた。その大半が良子たちのように接客をしていたが、何人かは厨房でシェフの助手をしていて、チーフシェフの助手をしていたのが孝一だった。

その店は、若者中心で活気があったが、バイト生だけで店は成り立たない。沖さんというチーフシェフが全体を取り仕切っていた。

孝一は、他のアルバイト生とはどことなく違っていた。今の学生になる前に、数年間社会人の経験があったそうで、確かにそう言われると、そんな雰囲気を持っていた。そのためなのか、日頃学生ばかりを相手にしている沖さんもおとな同士ということで孝一と気が合ったらしく、何かにつけ、孝一は沖さんに目をかけてもらっているようだった。

アルバイトは夕食付きだった。

バイト生は何人もいて、空いた時間を見計らって二階にある休憩室へ行き、交代で食事をすることになっていた。その賄い食を作っていたのが孝一で、いわば良子たちは練習台のようなものである。その日のオーダー具合を見ながら余った食材を使い、メニューが決まっていた。

孝一と良子が、お互いなんとなく気になり始め、意識し始めるようになったのは、その賄いがきっかけだった。孝一は、時折良子が話すことばを聞いていて、その丁寧な話し方になぜか惹かれた。良子自身は特別丁寧に話していたという意識はなかったのだが、あったとすれば礼儀作法を重んじる剣道部で自然に身に付いたものだったのかもしれない。

ある日、夕食の献立はハンバーグだった。

ところが、明らかに良子の分だけが特別で、ハンバーグは団扇《うちわ》のように大きく、付け合わせの野菜も、普通ならキュウリのスライスが二、三枚付くだけなのに、丸ごと一本分の量が並べられている。良子は内心嬉しかったが、あまりの極端さに素直に喜べないほどだった。

案の定、周りからは不平ともつかぬ非難めいた声が上がったが、それはある意味〝冷やかし〟のようなもので、二人ともまったく意に介さなかった。気付いていたのかいないのか、オーナーもやさしい人で、見て見ぬふりをしてくれていた。

そんなことがあり、互いの気持ちは分かっていたのだが、二人ともウブでそれ以上の進展はなく、時は過ぎていった。それを見かねて取り持ってくれたのがチーフシェフの沖さんで、デートの機会を作ってくれた。それを機にいろいろ話しているうち、二人の帰る方向が同じであることが分かり、「じゃあ、明日から一緒に帰ろう」と孝一が誘った。毎日時間を合わせて一緒に帰るようになったのは、その時からである。

良子は、新たな楽しみが生まれた。終わればいつもの時間が待っていると思うと、バイトも苦にはならない。終わるころにはちょうどいいくらいの空腹具合で、途中にある屋台で良子はラーメンを食べ、孝一は食事のあとビールを飲んだりした。孝一は社会人の経験があり、成人していて酒も飲める。ときには良子にも勧めたりしたが、未成年でもあり、あまり飲みたいとも思わなかったので、良子は首を横に振っていた。

そんな時間を二人で過ごし、〈もう少し一緒にいたい〉という気持ちはあったものの、気持ちを振り切るように、できるだけ早く帰宅した。孝一は一人暮らしだったが、良子の場合は家族みんなが帰りを待っている。遅くなれば家族も心配するし、良子もなんとなく帰りづらくなるからだった。

そんな日が続いていくうち、二人とも卒業の時期がやってきた。

孝一は国家試験に合格し、隣の県への就職が決まっている。良子もビジネススクールを終え、大手建設会社の地元支店へ採用が決まった。とうとう離れ離れになる時がやってきた。

田辺孝一はパラメディカル、いわゆる医療補助職の専門学校を卒業した。国家試験に受かり、就職することになったのは、隣の県にある総合病院だった。

専門学校を卒業したばかりの孝一は、少しのあいだ社会人の経験があったとはいえ、常識に疎く、自分中心で、社会というものが分かっていなかった。学生気分が抜け切れていなかったのである。

孝一の初めての上司は女性で、これまで会ったことのないタイプの人だった。もう五十代に入っていたが独身で、そうした女性にありがちな融通の利かなさ故に陰口を叩かれていた。しかし上に立つだけあって博識で、仕事においては妥協を許さない厳しさがあった。孝一の考えの甘さもあって、より極端に感じたのかもしれないが、とにかく最後には「おっしゃる通りでございます。ぐうの音も出ません！」というところまで押し込まなければ収まりのつかない人で、そこまでやってしまうと納得し、機嫌が良くなった。

ある日の午後、業務の一段落した孝一が総務課の前を歩いていると、事務室の中から、「まぁ田辺君、たまにはお茶でも飲んでいけ！」と声をかけられ、お茶を出してもらった。毎日、窮屈な思いで仕事していることを他部署の職員も知っており、息抜きさせてやろうとしてくれたのである。

孝一がゆったりした気持ちでお茶を啜っていると、件《くだん》の女性上司が総務の前を歩いてきた。「まずい！」と思ったが、もう遅かった。ガラス越しではあるが、視線が合ってしまい、孝一はお茶を啜るのを忘れて見つめ合ってしまった。一瞬、時が止まったようであった。

その時は何事もなく、再び時間は流れ始めたのだが、孝一が部屋に帰ると早速呼びつけられた。

「あなた、何してるんですか。勤務中ですよ‼　職場放棄です‼」

孝一も状況をわきまえ、一段落して空いた時間くらいはいいだろうと判断したうえでのことである。心外ではあったが、そう言われると、「ごもっともです」と言うしかない。

そして彼女は、総務へも行って、「うちの者に、勤務中にお茶など出さないでください！」と抗議し、総務課の人たちを唖然とさせた。

初めての職場でもあり、辛抱しなければと頑張ってはいたものの、窮屈な思いをするたびに孝一は打ちのめされ、今日辞めようか、明日言おうかと毎日悩んでいた。

そんな時、いつも頭に浮かび、慰めとなっていたのは、良子の面影である。孝一は、週末ごとに良子に会うため、M市に帰った。彼女に会うことだけを励みになんとか持ち堪えていたのである。

それほどに思っていたのに、孝一は週末に帰ると、他の女の子とも待ち合わせしたりした。ある土曜日、孝一はいつものようにM市に帰って電話口の良子に言った。

「今日は男の友達と会う約束をしたから、会えなくなった」

「友達とはどこで待ち合わせているの？」

孝一は、後ろめたさと取り繕う気持ちもあり、ご丁寧に待ち合わせの場所を言ってしまった。不審に思った良子はその場所に先回りした。何も知らない孝一はそこへのこのこ現れ、当然、良子も待ち合わせた女の子も怒って、三人とも気まずい感じになった。

孝一は自分の気持ちに自信をもっていた。どんなことがあっても良子が大事だし、良子もそのことは十分わかっているはずだ。良子はいかなる場合でも母のように許してくれる。こちらがこれほどに想っているのだから、良子にとっても孝一は大切なものであるはずだと勝手に思い込んでいた。

女性の心が分からなかった。相手の気持ちを考えようともしなかった。当然良子は徐々に孝一から離れていった。

失ってしまえば未練がつのった。孝一はやり直したいと必死で追いかけた。見栄っ張りの孝一にしてはなりふり構わず自分をさらけ出し、誠意を尽くしたが、それでも元に戻ることはなかった。

そこまでやって、ようやく孝一も諦めがついた。恥も外聞もかなぐり捨て、これほど本音で向かったのは初めてのことだったし、やり尽くした心境でもあった。これで通じなければ仕方ないとさえ思った。

良子は本当に見切りをつけたのか、新しい彼氏もできたようで、ますます遠のいていった。状況は大きく変わったが、時間の経過とともに、孝一に日常が戻りつつあった。

不思議だった。

必死で追い求めていた時には成らなかったものが、観念すれば思わぬことが起きるものである。数カ月が過ぎ、完全に諦めもつき、新しく出直そうと思い始めたころ、突然良子から連絡があった。よくよく聞いてみると、もう一度やり直したいという。このまま時が過ぎてしまえば、本当に終わってしまうと、今度は良子のほうが心配になってきたのだという。恋愛問題以外にもいろいろなつらいことがあったらしい。

〈今更……！〉とは思ったが、孝一は詮索しなかった。

連絡があったこと自体に驚いたというか、正直唖然としたほどだったが、しょんぼりしている良子を目の当たりにすると邪険にはできなかった。紆余曲折、いろいろあったが、最後はやっぱり孝一に縒ってきた。だから孝一はあえて何も聞かなかった。もとより憎いわけではない。自分がしてきたことへの反省もあった。なにか釈然としないものはあったが、自分自身をバカな奴と思いつつ、憐れな良子を見捨てることはできなかった。

二年後、孝一は出身地であるM市のA病院へ転勤することになり、それに合わせて二人は結婚した。若い二人にとって、長い期間遠く離れているというのは好ましくない。いろいろなことがあったが、結局のところ、お互いを必要としていることが分かった。

やがて二人の子どもにも恵まれ、良子は幸せそのものだった。孝一は真面目に働いてくれるし、二人の子どもたちも特別優秀というわけではなかったが、素直にのびのびと育ってくれた。

結婚以来、孝一は良子から、見損なったとだけは思われたくないと頑張ってきた。そのひとつが、四十歳のとき新しい資格に挑戦し、目的を達成したことだった。

中堅どころとなった孝一は、職場では一目置かれるまでにはなっていたが、一念発起し、勤務終了後、大学病院に通って、ある特殊ライセンスを取ったのである。この分野ではかなり難関といわれる資格で、何年も挑戦する人がいるなか、孝一は初トライで見事合格した。それまでの集中ぶりは、まさしく一心不乱、まるでなにかに取り憑かれたかのように凄まじいものだった。

それは、顕微鏡で細胞を見て良性、悪性を判定する「細胞検査士」という資格である。その分野は、医師といえども院内に精通した者はなく、孝一はこれまで以上に重用されるようになった。

そしてこのことは、孝一の人生において大きな転換期となった。これによって待遇が良くなるとか昇進するなどといったことはなかったが、それまで以上に自分に対する自信のようなものが芽生えてきて、仕事にやりがいを感じるようになったのである。

細胞検査士への需要の高まりは、がんの罹患率が上昇し、八〇年代以降、心疾患、脳血管疾患を抜いて死因のトップであり続けたという社会背景があった。

人間の体は六十兆個の細胞からできている。細胞が、秩序正しく決められた仕事をしていれば健康に生きていけるが、なかには、秩序を保たず、勝手に増え続けて、生きることを邪魔するものができることがある。それがガン細胞で、ガンは細胞の病気である。

また細胞には、正常なもののほかに、炎症や感染、傷口の修復などに伴って〝変化した細胞〟もある。ガン細胞を悪性細胞というのに対し、それらの変化した細胞は良性細胞という。

良性細胞の中から少数の悪性細胞を見つけ出す検査が細胞診（細胞検査）で、その検査技師を細胞検査士という。スライドガラスに塗りつけた細胞を、いろいろな方法で染め、顕微鏡で良性か悪性かを見分ける。細胞検査士が見つけだしたガン細胞や、あやしい細胞を最終判定し、診断を下すのは細胞診専門医、もしくは医師である。

癌がどの程度広がっているかという「癌の進行度」を示すことばとして「ステージ」がよく使われる。ステージを把握しておくことは、癌の治療を進めるうえで重要だといわれるが、それは癌の治療をどのように進めるかの判断材料となり、今後どのように体調が変化するか、といったことを知るための目安にもなるからである。

病理医が診断するガンの性質のひとつに、クラス（Class）という分類方法があり、腫瘍の悪性度をⅠからⅤの五段階に分類する。クラスとは腫瘍が悪性かどうかを判断する主な基準で、ステージとはまったく異なる。

通常クラス分類は、針で吸引したり、ブラシでこすったりして細胞を採取したものや、尿や痰などの中に剥がれ落ちてくる細胞を顕微鏡で調べる細胞診で行われ、確定する。

クラスⅠ：正常細胞（異常なし）

クラスⅡ：異型細胞は存在するが、悪性ではない

クラスⅢ：

Ⅲａ　軽度・中等度異型性（悪性を少し疑う）

Ⅲｂ　高度異型性（悪性をかなり疑う）

クラスⅣ：悪性細胞の可能性が高い、あるいは上皮内ガン

クラスⅤ：悪性と断定できる異型細胞がある

クラスⅠ、Ⅱは良性の腫瘍で、クラスⅢは灰色病変、つまり良性・悪性の判断がつかないもの。クラスⅣ、Ⅴは悪性、すなわち「ガン」ということになる。（クラスⅣの場合は、悪性と判断されたが、クラスⅤではなく、極めて疑わしくはあるものの、まだガンでない可能性もある）

孝一には、強く印象に残っている事例がいくつかある。

ある肺疾患の患者がいた。

内科、外科、放射線科すべての医師が、肺癌を疑っていた。

早速、ブロンコファイバー（気管支鏡）が行われた。喀痰ではガン細胞が確認できず、はっきりした診断が得られなかったのである。

最初は内科の医師が担当した。

気管支擦過《さっか》（内視鏡の先端に付けた小さなブラシで気管支を擦過し、表面の細胞を採って顕微鏡で良悪性を判定する）が行われ、細胞診で判定することになったが、癌細胞は認められなかった。それでも癌の疑いは捨てきれない。再度同じ内科で気管支鏡が行われたが、またもや癌細胞を確認することはできなかった。

気管支鏡は患者にとって大変苦しい検査である。三度目というのはさすがに憚られたのであろう。今度は外科の医者が担当した。関係する医師全員が癌だと思っているから、なんとしてでも見つけてやろうと躍起になっている。それでもガン細胞は見つけられなかった。

外科の医師は、「そんなはずはない」と、むしろ細胞診の信頼度を疑っているような口ぶりであった。ちょうどそのころ、ある病院職員の送別会があり、孝一は流れていった二次会で、その肺患者の主治医である内科医とたまたま隣り合わせになった。

飲みながら、自然とその患者の話になった。

「外科の先生、放射線科の先生、全員が悪性を疑っている。あれだけやって、ガン細胞の出ないのを不審に思っている。今後、試験的な面もあるが、手術をしてはっきりさせる方向で話は進んでいる」

内科医からその話を聞いた孝一は、飲んでいる勢いもあったが、〈そこまで言っていいのかな〉と思いつつ強引に言った。

「〝癌〟であれば、その細胞が直接出ないにしろ、背景になんらかの所見があるはずでしょう。しかしあの患者にはそのかけらもない」

それを聞いた内科医は、「そこまで言われたら、手術はできんなあ!」と言った。

孝一のことばのせいかどうかはわからないが、結局手術は行われず、患者は肺専門の国立療養所へと転院していった。

その後、患者のようすがどうなったのかしばらく分からず、なしの礫《つぶて》だったが、検査仲間のつてを頼って得た情報によると、その患者は転院したころから徐々に快方に向かい、元気になったという。好酸性肺炎だったということである。確かにこの病気は、レントゲン上〝肺癌〟と非常に紛らわしいことがあるらしいのだが、ある程度日が経てば自然に治癒に向かうという。

手術にならなくて良かったと思う反面、孝一自身も大いに反省の残る症例ではあった。

それは、癌でなかったという点においては正解であり、役に立ったと言えるのだが、孝一にもう少しこの肺炎に対する知識と経験があれば、もう一段上の貢献ができたと思われた。この疾患には好酸球の浸潤がよく見られるのだという。擦過細胞診でその予備知識をもって見ていれば、もしかして、それを指摘できたかもしれない。標本に出ていたかどうか確認はできなかったが、レトロスペクティブ、つまり過去に遡って患者の情報を集め、検討すると、末梢血のデータには好酸球の増加が見られていた。

転院した患者の顚末は、孝一が医療関係の人間で、しかも当事者だったから分かったことであり、進んで詮索しなければ分からずじまいで過ぎ去ってしまうことが多い。医療の世界ではよくあることであり、その後の結末まで教えてくれる医師はほとんどいない。

ただこの例は、三人もの医師が関わっていたこともあり、孝一にその結果を知らせれば抜け駆けするようで、かえって言い難かったのだろう。一人の医師だけが担当していれば、教えてくれたのかもしれない。

その内科医とのエピソードはもう一つある。

それは、また別の例であるが、やはり肺疾患を疑われて入院していた患者がいた。腹水が溜まっており、悪性中皮腫（肺を包む胸膜や、腹腔を覆う腹膜などに並んでいる中皮細胞から発生する悪性腫瘍）の疑いありとのことである。細胞診に付された腹水は乳び性のもので、牛乳のように白濁していた。レントゲンで肺に影がある。アスベストに関係した職歴などからその疾患が疑われたのだが、胸水ならまだしも、腹水貯留との関連をどう考えればいいのか、臨床でも頭を悩ませていた。

孝一が検査したその腹水の検体には、やや異形成の中皮細胞が見られた。明らかに正常ではないが、かといって悪性細胞であるという確信も得られない。悩んだあげく、孝一は自分の判断をそのまま報告した。

「Class Ⅲ　異形のある中皮細胞を認めますが、活動性中皮細胞との区別がつきません」

確定診断のため、検体は大学に送られた。医学部の附属病院で出された判定は「Class Ⅴ　悪性中皮腫」であった。

判定が分かれたため、診断に苦慮した臨床では、さらに違った大学の意見を聞くことになり、検体はH大学へと送られた。しかし、そこでも結局、孝一と同じ「Class Ⅲ」という判定であったらしい。


数日が経ったある日、廊下で偶然顔を合わせた内科医が孝一に言った。

「あのClass Ⅲは立派だったね！」

面映ゆい思いであった。「Class Ⅲ〝わかりません〟」で褒められたのは初めてである。

内科医は、大学の医師仲間にも「おたくの細胞診（細胞検査士）はいい目を持っているね」と言われ、自分のことのように嬉しかったと話してくれた。

ただ、この患者の場合、最終的にどんな診断だったのか確認はできなかった……。


細胞診が最も必要とされるのは、なんといっても産婦人科領域である。多くの施設では、妊婦に対する出産前検査として子宮頸部の細胞診が行なわれる。四十歳以下の女性がんで最も多いのは子宮頸癌で、しかも年々増加傾向を示しているからである。

孝一が勤めていたA病院の産婦人科でも、妊婦検診として全員に子宮頸部の細胞診をすることになっていた。

若い妊婦のことなので、そのほとんどが〝異常なし〟なのだが、ある妊婦の検体に異形のある

腺細胞が見られた。明らかに正常ではないのだが、悪性かどうかは断定できない。孝一が、

「Class Ⅲ　Atypical glandular sell　異形腺細胞を認めます。頸部腺癌も否定できないので再検を希望します」

と報告したところ、早速主治医に意見を求められた。

「どの程度ですか？　かなり疑いが強いですか？」

「報告以上のことは申し上げられません。可能であれば、ぜひとも再検してください。もう少しはっきりしたことが言えるかもしれません」

直ちに再検が行われた。

また、他施設の病理医の意見を聞くなど慎重に吟味されたが、やはり結果は同じであった。

その時、孝一は考えた。

〈再度Class Ⅲで出すと、臨床側ではより一層悩むだろう。ここは思い切って白黒つけるほうが臨床の役に立つというものかもしれない。もし違ったとしても、患者には申し訳ないが、あそこの細胞検査士が間違ったで済むだろう。少なくとも医者の誤診とはならない〉

そう思った孝一は、意を決して報告した。

「Class Ⅴ　頸部腺癌」

案の定、患者は直ちに、より大きな病院へと送られた。

その病院での検査結果は「Class Ⅰ　異常なし」であった。無事お産も済んだという。

そうしたある時、婦人科の看護師長が顕微鏡を覗いている孝一のところにやってきた。いかにも医師の代理だと言わんばかりの態度である。

「田辺さん！　うちではClass Ⅴ、別の病院ではClass Ⅰ。そんなことってあるんですか⁉」

明らかに孝一の方を疑っている。だが、大きな病院が相手では孝一も何も言えない。

「まったく同じ標本を見ているわけじゃないですし、うちの標本では悪性だと判定したと、そう言うことしかできません」

師長は納得したわけではないといった空気を漂わせて、渋々帰っていった。

それからなんの情報もなく数年が過ぎた。

ある日の午後、婦人科の女性医師がドアのほうに背を向けて顕微鏡を覗いている孝一のところへ直接やってきた。

「お忙しいところ、ちょっといいですか？」

「どうぞ、どうぞ」

孝一は振り向いて丸椅子を勧めた。

「田辺さん、以前、腺癌の疑いで他病院へ送った患者のこと覚えていますか？　結局あの患者は頸部腺癌が出て、しかも浸潤ガンまで進んでいました」

「えっ⁉　そうなんですか……てっきり僕のオーバー・ディアグノーシス（過剰診断）だとばかり思ってました」

医師は声には出さず、「ウウーン」というように二度、三度首を横に振った。

医師はそれ以上言葉を発しなかったが、このように最終結果を報告してくれるなど稀有なことであり、孝一はその誠実さを身に染みて感じた。

こういう仕事をしていれば、あれでよかったんだろうかと、夜眠れないことは何度もあった。〝がん〟を疑って、患者に要らぬ心配をかけたこともある。

この仕事の気の抜けないところは、「いつかは必ず真実が表れる」ということである。がんではないものを、がんだというのはまだ許される。それによって患者に要らぬ迷惑をかけることにはなるが、問題はその逆の場合である。〝がん〟が自然に消滅することはない。いつかは必ず現れてくる。しかも、それだけさらに進行した状態で見つかるのである。

孝一がこうした職業上のスキルアップに挑戦したのも、良子のためと思えばこそできたことで、良子も自分の両親に鼻高々のようすである。

とはいえ、ストレスに苛《さいな》まれることの多い仕事で、孝一は疲れきって帰ってくる。そうしたぴりぴりした神経が落ち着くよう、良子は生活の中で黙って静かに支えてくれ、何も言わずにすべての面で孝一の考えを受け入れてくれた。

孝一は職場で、これまで以上にやりがいを持って職務に当たることができ、決して高給取りではなかったが、生活に困るようなことはなく、良子は趣味のゴルフや温泉巡りなども自由にすることができた。


孝一は毎年一度、全国各地で開かれる学会に出張参加していた。

そしてある時期から良子は、孝一に強引なまでに頼み込み、その出張にくっついてくるようになった。それはマイカーでの二人だけの気ままな旅で、あえて予定を立てない行き当たりばったりの楽しいものだった。

それまでにも孝一は城に興味を持って各地を訪ねていたから、良子も便乗するような形で一緒に城郭見物をした。

いつの頃からか、日本には現存天守をもつ十二の城があるから、二人でそのすべてに行ってみようということになり、それ以来、城巡りと良子の好きな温泉巡りの旅が始まったのである。

孝一が出張する学会は、一年くらい前には次の開催都市が決まっていたので、事前に近辺の城や温泉を調べておき、訪れるところを決めておいた。ほとんどがビジネスホテルのツインの部屋で、豪勢な旅行ではなかったが、夜は二人で居酒屋に入り、ご当地ならではの肴を楽しむといった気楽な旅だった。

車にはいつも二人のゴルフバッグが積んであり、気が向けば有給休暇を継ぎ足して一日ゴルフを楽しんだりもした。

そのようにして、十二のうち十一の現存天守のある城に行くことができた。


M空港十四時三十五分発青森行き。直通便ではないため、伊丹で乗り換え、青森空港には十九時五十分に着いた。ここからは空港バスで弘前駅まで行く。

旅客ターミナルビル一階にある国内線到着ロビーを出ると、すぐ目の前にその弘前行のバス停があった。ここから約五十五分の距離である。

ちょうど二十時発のバスに乗ることができ、弘前駅には二十時五十四分に着いた。今夜泊まるスマイルホテルまでは路線バスを使うことにした。中土手町という停留所で降りると、ホテルはすぐ目の前である。駅から十分程度でホテルに着いた。八時を過ぎることは事前に連絡してあったので、チェックインはスムーズに済ませることができた。

とりあえず荷物を置き、二人はいつものように近くの店で外食することにした。

創作郷土料理「菊富士」という店が目についたので、ここに入り、お互い好きなものを肴に軽く乾杯をして、今日のところは簡単に切り上げることにした。近くのコンビニで缶ビールとつまみを買い込み、ホテルへと戻る。今夜は、明日の予定を話し合うことにした。

弘前城は別名鷹岡城ともいわれ、江戸時代には弘前藩津軽氏四万七千石の居城であった。現在は城跡全体が公園に整備され、特に最近は春の〝さくらまつり〟で全国から観光客を集めているという。

桜の時期は過ぎたが、とにかく二人で城を訪れることが一番の目的だから、それはまったく気にしない。

翌朝目覚めると、カーテンのすき間から津軽の柔らかい日差しが射し込んでいた。

窓を少し開けると、いかにも北国の朝らしく、肌寒いくらいの空気が流れ込んでくる。いつの間に起きたのだろうか。良子はもう着替えを済ませ、鏡の前に座っている。そして、「もう少ししたら朝食に下りていくから、先に行っといて」と孝一に言った。

このホテルの朝食はビュッフェ形式だが種類が多く、郷土料理なども用意されていたりして評判になっているという。朝食が終わればチェックアウトの時間まで部屋で休んで、予定通り今日一日を弘前公園で過ごすことにする。

良子も最初からその予定なのか、軽装にスニーカーというでたちである。孝一も長袖のTシヤツに綿パン、スニーカーを用意してきた。

ホテルには連泊するので、貴重品だけ持って荷物はそのまま置いておくことにした。

ホテルを出て、目の前の県道三号をお城の方に直進し、鰺ヶ沢街道に入ってさらに進むと外濠に突き当たった。そこを左折し、濠に沿って進んで行くと下白銀町《しもしろがねちょう》の交差点に出た。そこで濠を渡ると追手門があり、中はもう弘前城公園である。

右に植物園を見ながら天守に向かって市民広場を進むと、内濠に出た。正面石垣の角に辰巳櫓《たつみやぐら》が見えていた。

ふと振り向くと良子がスマホを翳《かざ》しながら笑顔で付いてくる。朱に塗られた鮮やかな橋、杉の大橋を渡って南内門を潜ると、そこが二の丸である。〝下乗橋《げじょうばし》〟から眺める天守は、初めて見る光景には思えない。何度か見たような気さえする。この橋からの、満開の桜に包まれた天守の写真は、この城のシンボルとして観光案内には必ず登場する。かつて藩主以外、すべての者はこの橋のたもとで馬を下りなければならなかったといわれている下乗橋は、鮮やかな朱色に塗られている。

さらに進んでいくと、いよいよ本丸である。

南口券売所で入場券を買った。天守閣と植物園、藤田記念庭園三つの共通券である。

三層三階のこぢんまりとした天守の中は当時の趣を残して、津軽の城らしく落ち着いた雰囲気を醸していた。

時間は十分にある。

天守閣を訪れたあと、午後は植物園でゆっくりする予定だが、庭園は少し離れているので行けないかもしれない。

植物園には緑が溢れ、二人は旅先とは思えないほどくつろいでいた。ここには五千種、約十二万本以上の樹木や草花があるのだという。眠くなりそうなほどゆったりとした時間が流れ、二人はしばしのやすらぎを楽しんでいた。いつまでもそうしていたかったが、時を見計らって二人は公園を出た。

いつの間にか三時を回っていた。

今夜、行くことにしている店はホテルに帰る途中にあるのだが、今から行くには早過ぎる。一旦ホテルに戻って、しばらく休んでまた外出しようと、二人はタクシーを拾った。さすがに孝一も少し疲れを覚えた。

良子は比較的元気で、とりあえずシャワーを浴び、出掛けるまでの数時間ベッドに横になり、体を休ませていた。

気が付くと、外は少しずつ暮れようとしている。

〈夕暮れ特有の趣はどこも変わらないなあ〉などと思いつつ、二人は出掛ける準備を始めた。

ホテルを出て、岩木川の支流である土淵川《つちぶちがわ》を渡って五分ほど歩くと、予約している「旬の味喜桜」という店に着いた。今夜は水入らず、二人でゆっくりしようと決めている。

カウンター向かいの座椅子席に案内された。早速ビールで乾杯すると、良子はビールをグイグイ飲んでいる。

最初は刺身の盛り合わせを見繕ってもらい、熱燗も頼んだ。なにしろ津軽といえば大間《おおま》。豪快なマグロの一本釣りで知られるところだから、本マグロをはじめ、新鮮なイカ、ご当地ならではのガサエビなどもあり、これを肴に二人で飲めれば、これ以上何も望まない。

郷土料理だという〝ホタテの貝焼きみそ〟も二人分頼んだ。ホタテの貝殻を使って魚介類や長ネギなどの野菜を焼き、卵でとじたような料理である。見るからに二人の好物、間違いない。酒の肴にピッタリである。

「こうしてまた二人で旅行できるなんて、思ってもいなかったよ……。ここに来られなかったことだけが心残りだったたから、嬉しくて嬉しくて、まだ夢を見ているようだ。本当にありがとう」

「私も同じ。もう一度だけでもいい、こうして貴方と旅先の居酒屋でくつろぎながら話がしたいと、どれだけ思っていたことか……。とにかく会えて嬉しい」

「余り言いたくないけど、この五年間、僕がどれほどの思いをしたか、ことばではとても言い表せない」

「分かってる！　全部見えてたから……。それを見ている私のほうがつらかったかもしれない……。これほど悲しんでくれるとは思わなかったし、『もういいから忘れて！』って、貴方のために本気でそう思ったくらい貴方の想いを感じていたよ。私も帰れるなら今すぐにでも帰りたいって、どれだけ思ったことか……。私も余り言いたくない……」

「良子と一緒ならなんでも超えられそうな気がするんだけど、僕は今、ちょっと弱気になってる……」

「それも分かってる。力になってあげられないのが、私もつらい」

「でも、久し振りに会えたんだから、今日は暗い話はやめにして、以前のように楽しい時間を過ごそう」

そう言って二人はグラスを合わせた。

カウンターの中のこの店の大将だろうか、還暦近いと思われるハチマキ姿の人と目が合って、孝一は思わず尋ねた。

「この地方の、これだけは食っていけという郷土料理はありますか？」

「せば、イカメンチけてみてけろ！」

イカメンチとは青森、津軽地方の郷土料理で、イカをたたいてミンチ状にしたものに玉ねぎなどの野菜を刻んで混ぜ込み、揚げたものだそうである。残り物を無駄にしないようにと、この地方で昔から作られている家庭料理だという。

「じゃあ、それをください。それと生ビールを二つ！」

楽しい夜であった。余韻に浸りながら、二人はいい気分でホテルへと帰っていった。

この後、ホテルでまたゆっくり飲み直すのも二人の楽しみである。明日はゆっくり帰路につくだけである。

話し足りないことも沢山ある。

これまでの五年、これからの五年、十年分の話をしよう！　あとは二人で眠るだけである、昔のように……。


ホテルでビールを飲みながら、孝一はいつのまにか一人考えていた。

〈良子とは、どの時点まで一緒にいられるのだろう。明日、飛行機が着いたときか？　まさか家までっていうのはあり得ないよな……〉

良子は孝一がそんなことを考えているいることなど、まるで思ってもいないかのように、嬉しそうに孝一に微笑みかけている。

孝一はまた考えた。

〈明日になって、帰りの飛行機に乗ってしまうと、どの時点で良子がいなくなってしまうか不安だ。このまま旅を続けていれば、少なくともそのあいだは一緒にいられるのではないか……。以前、予定してたのに行けなかった北海道まで足を延ばしてみようか……〉

何年か前、北海道旅行を計画し、予約も済んでいたのに、直前の良子の急病（脳静脈塞栓症）ですべてキャンセルしたことがあった。あの時はゴルフ場も予約し、クラブを送る手配までしていた。もちろん今回はゴルフをすることにはならないが、その他の観光をしたり、温泉に入ったりすることはできる。

早速良子にそのことを提案したら、彼女は二つ返事で喜んだ。

いつも、時間だけはあるのだという。

急な思いつきだったが、明日宿泊できるかどうかホテルに問い合わせると、運良く登別温泉の一室を取ることができた。ここは、以前も予約を済ませていた所である。ここまで来たのだから、できれば行ってみたい。予約さえ取れれば思案するまでもない。話は決まった。

翌日の昼過ぎ、二人は弘前駅のホームに立っていた。

十四時四十七分発、特急つがる3号、新青森駅行きに乗るためである。

そこからは十五時三十一分発の北海道新幹線はやぶさ23号で新函館北斗駅まで行き、函館北斗17号に乗り換え、夕方五時過ぎに登別に着いた。登別の駅からバスに乗って登別温泉のホテルに着いたのは、もう六時半を過ぎていた。今日はこのまま温泉につかって食事を済ませ、ゆっくり休むことにする。

良子もさぞかし疲れたことだろうと表情を伺うと、相変わらず嬉しそうにはしゃいでいた。

明日は、地獄谷とクマ牧場にでも行ってみようかと良子に話す。

何をして過ごすのでもいい。一日でも長く一緒にいたいから、むしろゴルフをして時間を使うほうがもったいない。お互い横にいられるだけでいい。


翌日、出掛ける前、良子が「ここでもう一泊したい」と、遠慮がちではあるが呟いた。孝一がカウンターで尋ねると、部屋は変わることになるが、部屋を用意できるという。荷物をフロントに預け、一旦チェックアウトすることにしてホテルを出た。

まず地獄谷へ行くことにした。

歩いても十分くらいということだが、良子が疲れるといけないのでタクシーで往復することにした。

「着いたらまずパークサービスセンターに寄ってパンフレットなどをもらい、予め観光案内などを聞いたほうがいいですよ！」

タクシーの運転手さんが教えてくれたので、二人はそのとおりにサービスセンターを訪れた。そのほうが無駄なく観光できるという。

登別温泉の四分の三の施設が、この地獄谷を源泉にしているのだという。草木も生えず、地肌から直接湯気の出ている様はまさしく地獄のような光景で、硫黄独特の臭いも充満している。良子は手で鼻を覆い、地底からの噴煙を眺めている。

一旦温泉街まで戻って、今度はクマ牧場に行ってみることにした。

クマ牧場へ行くためのロープウェイ乗り場までは無料の送迎バスがあるというので、登別バスターミナルからそのシャトルバスを利用した。ロープウェイのゴンドラに乗ってクマ牧場へと向かう。

クマの所作はどこか人間に似たところがあって妙な親近感も覚える。珍しい動物ではないが、百頭余りのクマを管理するのもまた大変だろうな……などと感心するような気持ちも起こってくる。

ヒグマ博物館の屋上展望台からは、眼下にまん丸い倶多楽湖《くったらこ》が見えていた。天気が良く、空気の澄んでいる日には、はるか向こうに襟裳岬《えりも》が見えるのだという。

やっぱり北海道、眺めは雄大である。

孝一は、このあとホテルに戻って、今夜はゆっくりしようと思った。いよいよ最後の夜になるかもしれない。このままずっと日本中を巡っていたいが、だんだん資金も心細くなってきた。

再び別れるにあたって、良子にどうしても言っておかなければならないことがあるとしたらなんだろうか。

改めて考えてみても、特に思い付くものはない。つまり、悔いのようなものはない。自分としては精いっぱいのことをしてきたという自負がある。

もう一度やり直せといわれても、同じことしかできないという満足がある。だから何か改めて言いたいことがあるかと尋ねられても、新たに思いつくものは何もない。起こってしまった事実は悔しいが、どうにもならなかったことだとも理解している。それくらい、良子も自分もできることはすべてやった。

明日は、新千歳空港まで行き、北海道を発つ。チケットもなんとか取れた。午後の便だから時間も大丈夫だろう。

新千歳空港に着いたときには、もう昼を回っていた。空港内のレストランで北海道最後のランチをとった。夕べのホテルでも北海道の新鮮な海鮮料理を満喫したのだが、やはり二人とも海鮮丼のセットをオーダーした。

いよいよ空路、四国へと帰路につく。並んで席に座る。所要時間二時間二十分ということだ。どことなく名残惜しい。北海道を離れたくないという気持ちと、あとどのくらい良子と一緒にいられるのだろうと思うと、いたたまれなくなってくる。

機内アナウンスが聞こえてくる。

「当機、まもなくM空港への着陸体勢に入ります。お席にお着きになり、シートベルトをお締めください」

五分ほど前、良子は洗面所へ行ってくると言ったまま戻っていない。気になりつつも、孝一はシートベルトを締めて着陸に備えていた。着陸時というのは何度経験しても緊張するものである。着地の振動が伝わってくるまで安心できない。全員が息を呑んだように静かになっている。

良子はちゃんとどこかにつかまっているだろうか……。そんな思いに取り紛れているあいだに車輪が滑走路を捉え、スピードも車並みに落ちたが、隣の席は空いたままで、良子が戻ってくることはなかった。

いつの間にか、荷物も孝一の持ち物だけになっている。

やはり、そういうことか……。納得したようでもあり、未練が残っているようでもあったが、最初から分かっていたことかもしれない。いくら待っていても良子は帰ってくることはないのだと、孝一は最初からの一人旅というようなふりをしてタラップを降りた。

久し振りに降り立った街はなんだか懐かしく、夢の名残も感じながら、孝一は現実に引き戻されていた。


十五年前のことである。

良子はこのところ胃の調子が悪いというので、年末近くではあったが、孝一が勤めるA病院で胃カメラ検査を受けた。

孝一は仕事をしながら、思いのほか検査に時間がかかっているのが気になり、不安な思いで待っていると、看護師が急ぎの感じでやってきて、

「至急で病理検査を出したいんですが、年内に結果が分かりますか？」

と聞く。病理組織検査をするということは悪性（癌）を疑うか、逆にそれを否定したい場合である。ましてや至急ということは、悪性を強く疑っているということだろう。

そのとき看護師は、患者である良子と、職員仲間の孝一とが結びついていなかったのか、いつ

もと同じ業務上の口調だったので、孝一は先に尋ねた。

「田辺良子？」

……しばしの沈黙ののち、彼女は田辺孝一と田辺良子がつながったのか、ハッとしたようすで戸惑った表情になった。孝一は悪い予感が当たったたと思った。

しばらくすると、検査を終えた良子がしょんぼりとしたようすで孝一のところにやってきた。内科医から、手術をする必要があると言われたという。

孝一は一人で良子を帰らせたが、仕事の終わる夕方までどんな思いでいるだろうかと思うと、すぐにでも帰ってそばにいてやりたいと、やるせない気持ちだった。

帰宅した孝一は、良子の肩を抱きしめてやるしかない。良子と孝一は肩を抱き合い、しばらく二人で泣いたが、やがて良子は気を取り直すように言った。

「心配しないで。私、必ず良くなるから！」

落ち込んでいる孝一をむしろ慰めるかのような口調だったが、これが良子の、長く、苛酷な闘いの始まりだった。

良子は手術のできるB病院を紹介されていたので、早速その翌日、消化器外科を受診した。このときは孝一も付き添い、主治医から胃カメラで撮影された写真を見ながら説明を受けた。病変部が胃の上部にあるので全摘《ぜんてき》（胃全摘術）になるという。年明けすぐに入院と決まり、術前検査を経て手術することになった。

孝一は職業柄、良子の病変が食道に近いため、胃の入り口近くの断端が気になり、主治医に「もし残ったら」と質問したところ、それはしてはいけない質問だったのか、一瞬顔色が変わったように見えた。そして医師は孝一から視線を逸《そ》らしながら、

「そういう手術はしません。手術は一発勝負です」

自信たっぷりに言い切った。

手術は四時間半かかった。

医師の説明では手術は成功し、「すべて取り切れたと思う」とのことだった。その日、良子はICUに入った。

手術当日、孝一は迷ったが、この病院の病理検査室を訪ねた。そこの責任者が同じ技師学校の先輩だったため、摘出した良子の臓器を見せてもらおうと思ったのである。

バットに入った良子の胃と大網《だいもう》、胆嚢《たんのう》、脾臓《ひぞう》を見たとき、孝一は自分でも予想だにしなかったある感情に駆られた。まだ温もりの残っていそうな良子の臓器に愛おしさを感じたのである。良

子のものであれば、胃でも腸でもこんな気持ちになるんだ！　不思議な感覚だった。そして、その切り取られた胃が孝一の顔を見たとたん、シクシク泣きだしてしまったような、何か訴えているような気がした。〈もう元には戻せない、取り返しのつかないことになってしまった〉と、孝一は思った。

病理検査室の先輩は、「漿膜《しょうまく》まで達しているかもしれない」と言う。

胃は内側から粘膜、粘膜筋板、粘膜下層、固有筋層、漿膜という五層の組織でできており、胃癌は粘膜にできる。粘膜から粘膜下層までにとどまっているガンは「早期胃癌」と呼ばれ、固有筋層より深い層まで浸潤したガンを「進行胃癌」と呼ぶ。漿膜は最も外側にある層なので、ここまでガン細胞が浸潤（入り込んで広がっていく）しているということは、腹腔全体に種を播いたように広がる腹膜播種性《はしゅせい》転移をしている可能性があり、この時点でステージⅢb、場合によってはⅣの疑いが出てくる。

数日後、病理診断の結果が判明した。孝一の勤め先であるA病院は良子の紹介元なので、主治医である内科医のところに連絡が来たのである。

孝一はその内科医から、説明を受けた。

「進行度はレベルⅣ、郭清《かくせい》（切除して取り除く）した第二リンパ節までの半数以上に転移が見られ、しかも口側断端の粘膜下リンパ管に腫瘍塊と思われる部を認める。再発は必至」

これが術後最終診断で、心配していたとおりの最悪の結果だった。


その日の勤務終了後、孝一は居ても立ってもいられず、手術をしたB病院の消化器外科を訪ねた。あいにく主治医の岩倉医師は不在だったが、一緒に手術をした若手の医師に会うことができた。アポなしのいきなりの訪問だったので、相手にはやや迷惑をかけたようだったが、孝一は話を聞いてほしいと執拗に頼み込んだ。どうしても良子の最初の診察日までに言っておかなければと必死だった。


「最終診断の結果はうちの内科の先生から聞きました。しかし、この結果は絶対本人には言わないでください！」

取《と》り憑《つ》かれたように孝一は言った。

若い医師はいささか困惑気味に、

「確かに岩倉先生は結構厳しいことを言われますからねエ。でも今後の治療のこともありますし、ある程度はありのままを伝えて家族全員で立ち向かわないと……」

「いえ、絶対言わないでください！　僕は、本人にはもちろん、子どもたちにも話さないつもりです」

「しかし、それではご主人がその内もたなくなりますよ。家族みんなで支え合わないと……」

孝一は、なんと言われても良子に告げる気はまったくなかった。それを知ってみんながつらい思いをする必要はない、というより、本人はもとより誰にも知られたくない、という気持ちのほうが強かった。

医療の世界では、ガンですら患者に病名を告知することが当然のようになっている。医療者側がそれを必要だと考えているのは、その後の治療がやりやすくなるからで、告知しなければ手術をすることへの説明もつかない。孝一も、そのことに対しては異論を唱える考えはない。

しかし、術後の結果、今後の見通しという点についてはまったく別の問題である。芳しくない状況まですべて説明する必要はない。孝一はそう思って医師に頼んだ。

「今後、どういったことが考えられますか？」

「そのうち周囲のリンパ節が腫れてきて黄疸が出てきます」

何年も先のことではないような言い方だった。

翌日、B病院で、術後の検査結果による最終診断が良子と孝一に告げられた。

何も知らない良子は、主治医からどんな話を聞かされるのか不安そうな顔をしていたが、孝一はすでに結果を知っているので、〝岩倉先生がどう話してくれるのか〟、それだけを気にしていた。

「病理検査の結果、一部のリンパ節に転移の可能性を否定できませんので、再発予防の意味で、念のためしばらく薬を飲みましょう」

主治医へは若い医師から伝達されていたようで、孝一はとりあえず良子には伏せてくれたと、胸を撫で下ろした。良子はそんな孝一の落ち着いたようすを見て、自分も動揺することなく静かに話を聞いていた。

退院後、二週間。良子は食事に苦労している。食べたものはほとんど戻し、ごく少量しか通らない。少しずつよく噛んで時間をかけて食べているのだが、油断すると、ついつい以前と同じように飲み込んでしまい、詰まらせている。口には美味しいので量もほしいのだが、それがままならずイライラしている。

そうなった人にしか、本当の苦しみは分からない。胃だけではない、体の一部を切り取るということがどれだけ大変なことか……毎日の生活への影響は想像以上だった。

日が経つにつれ、やはり栄養が不足するので、良子は週に一、二度、孝一の勤めるA病院へ来て点滴を受けたが、よくしたもので、その日は少し生気が戻ってくる。もう少し食事が摂れるようになるまでは、点滴に頼らざるを得ない。

一カ月、二カ月が過ぎ、良子は徐々に食事のペースが分かるようになってきた。というより、食べられないことに少しずつ慣れるようになった。一度には食べることができないので、少量ずつ何回にも分け、トータルで必要なカロリーを摂取する。方法はそれしかなく、そのように食事指導されてはいたのだが、実際やってみると口で言うほど生易しいものではない。吐き気で苦しむ良子の背中をさすりながら、孝一は「頑張れ！」と念じるしかなかった。


退院してまもない頃、孝一は気分転換に行こうと良子を誘い、海を見に行った。

車を降りて浜辺の波打ち際を二人で歩いていると、やさしい波の音なのに、なぜか物悲しい気持ちになってくる。良子も同じ気持ちだったのか、遠くを見る目が寂しそうだった。

孝一はそんな良子を見ながら、いつ、何があるか分からないから、今のうちに二人の思い出をたくさん作り、今まで以上に一緒にいる時間を作ろうと思うようになり、それ以来、いろいろなところへ旅行した。

良子は、相変わらず食事には苦労していた。食べ物を口にするとすぐに吐き気が襲い、水のようなものを吐いている。ほとんど食べていないのだから何が出るというわけではない。孝一を気にしながら、洗面所で苦しそうに戻している姿は、可哀相で見ていられない。体重も少しずつ減ってきている。

化学療法も始まった。5―FUという抗がん剤である。胃ガン定番の薬で、初めはそれを処方されたが、これには抗がん効果の反面、さまざまな副作用がある。白血球減少、貧血、吐き気、食欲不振、下痢、口内炎、肝臓・腎臓・心臓の機能低下、歩行時のふらつきなどである。ただでさえ食べられないのに、こんな薬を飲めばさらに副作用に苦しむことになる。それでも良子は、苦しみを承知でガンと闘おうとしていた。

術後の定期検診日、孝一はいつものように仕事をしながら良子からの電話を待っていた。検診日は、検査が終わると結果を知らせるよう言ってあるので、いつも祈るような気持ちで待ち、落ち着かなかった。今日は九時から胃カメラの予定になっている。毎回、診察は種々の検査の後と決まっており、すべての結果が分かるのは正午頃のはずである。

十時頃、良子の携帯から電話があった。結果の報告にしては、いつもよりちょっと早い。何かあったのか。

「胃カメラで食道に傷がついたみたい。ちょっと先生と代わるね」

話を聞くと、カメラの先を反転しようとして食道を傷つけたらしい。

「穿孔《せんこう》させたんですか？」

孝一は尋ねた。

「そうです。すぐにクリップで止めたので大丈夫だとは思いますが、できれば入院していただきたいと……」

「すぐ入院させてください」

食道に穴が空くと、胸痛や呼吸困難などの症状が起き、そのあと、「縦隔炎《じゅうかくえん》」や「膿胸《のうきょう》」が起こることもある。

縦隔とは心臓や気管、食道などを固定する組織のことで、本来ここは無菌状態なのだが、食道穿孔などで炎症を起こすと、発熱、胸痛、息苦しさなどが出現する。

さらにそこから菌が入り、胸腔《きょうくう》というスペースに膿が溜まる膿胸になると、血液中に菌が侵入して全身を巡り、重症になると生命の危険がある。

夕方、孝一がB病院へ行くと、良子は四人部屋に入っていた。ちょうどこのとき、長女が里帰り出産のため帰っていて、いつ産まれるかわからない状態だったので、娘の初産に付き添ってやりたい良子は間の悪い入院をなおさら悔しがった。

「仕方ない。運が悪かったと思って頑張れ。治す方が先決だ」

孝一はそう言って諭《さと》した。

午後七時頃、担当の看護師が入院手続きの書類を持ってやってきた。入院申込書などの一般的書類で、孝一は住所、氏名など一通り記入したが、最後のところにある支払い義務者の欄は、サインしなかった。しなくてもいい入院をさせられるのだから、支払い義務はないはずで、「治療費は要りませんから、入院してください」ということだと思っていた。

そう看護師に言うと、その看護師に代わって看護師長がやってきたが、孝一は同じことを言ってサインしなかった。

孝一は、病院の責任を問うようなことは一言も言わなかったし、そのつもりもなかった。医療行為にリスクが伴うことは十分承知している。だから同意書も書いている。だが、報酬である治療費を払うことは有り得ない。孝一も医療人の端くれであり、自ら選択してその医療機関に身を委ねた以上、医療効果の善し悪しまで言うつもりはないが、傷害を受けたときまで泣き寝入りすることはない。ましてや、孝一自身に起こったことならまだしも、良子のことでは黙っていられない。そんな気持ちが強かった。

翌朝、良子から連絡があり、四人部屋から個室に移ったことを知らされた。B病院はピリピリしていた。

〈そんなことより、問題は穴のあいた食道だ〉

孝一は気が気ではない。

良子は入院後、直ちに完全絶食、要安静となった。胃の摘出手術をして四年。体重は十キロ以上減り、毎日なんとか食べる努力をして、百グラム増えた減ったと一喜一憂してやってきたのに、また逆戻りだ。

約十日後、良子はなんとか退院にまで漕ぎ着けたが、その前日、病院から今回のことに関して改めて説明があった。主治医、看護部長、看護師長、医事関係者の四人が居並び、冒頭主治医は、

「医療行為とはいえ、あってはならないことで遺憾に思います」と言った。

孝一は、言った。

「無事治ったことでもありますし、起こったことは仕方ないと思いますが、今後、これが原因で嚥下障害が起きたら責任をもって対応してください」

主治医は、「そのようなことは起きません」と言った。

B病院は、孝一に治療費は求めなかったが、後日、七割の診療報酬をレセプト請求していたことが判明した。

それから二年後のことだった。

早朝の三時半、良子は頭痛で目が覚めた。普通の頭痛とはようすが違う。孝一は慌てて救急病院を探した。

救急指定はC病院となっている。孝一は急いで連れて行こうと良子に着替えをさせたが、左手が上がらず、ままならない。考えてみれば、前兆は前の日からあった。

C病院に行くと閑散としている。不思議に思って守衛に尋ねると、今日の救急病院はD病院だという。日付が変わっていたことに気付いた孝一は、急いでそちらに向かった。

頭部CTなどの検査の結果、脳出血の疑いがあるという。空も白み始めた早暁、良子は救命センターに搬送となった。

到着後、当初の診断は、くも膜下出血の疑いで、直ちに検査が始まった。その結果、脳静脈になんらかの原因で血栓ができた「脳静脈塞栓症《そくせんしょう》」と判明し、ICUに入った。

血栓溶解療法が行われて三日目、良子は一般病棟に移り、その後、麻痺も少しずつ取れ、そのまま順調にいけそうな感じであった。

ところが移って一週間後、救命センターから孝一の職場に電話がかかってきた。良子は突然、てんかん発作を起こしたという。

孝一はすぐ病院に駆けつけた。良子は意識も戻って落ち着き、微笑んでさえいたので安心したが、手放しでは喜べない。またいつ起こるか分からないという。

その後は順調に回復に向かい、心配された後遺症もなく無事退院したが、良子はやはり、思った以上のダメージを受けていたのかもしれなかった。

体重は減り、体力も落ちたように思われた。脳の病気だけに、以前のような、良子本来のシャープさが影を潜め、その上、さまざまな障害が起こって入退院を繰り返すようになった。

この頃から出始めたのが、摂食不良の兆候である。食事のとき、飲み込み辛そうにするようすを見て、孝一はてっきり今回の脳血管疾患によるものと思い込んだ。だが、本当の原因はもっと深刻で、このとき良子の体の中では癌の局所再発による食道狭窄《きょうさく》が始まっていたのだった。

救命センターを退院して半年後、良子は徐々に摂食不良となり、ついには水も入らなくなってA病院へ入院することになった。

一日中、栄養剤を点滴。数日後には五分粥が出て少し食べることができ、やがてお粥と軟食が完食できたことから、五日後の夕方、退院した。

そのまま軟らかいものでも食べられれば問題なかったのだが、そうはいかなかった。良子は外来で点滴を受けながら、少しずつ流動食を摂ることになった。

ミキサーやマルチブレンダーで、ご飯やお粥をさらに細かく潰す。おかずも全部ミキサーにかけ、味噌汁は具を濾《こ》して食べた。出来上がった料理に、もうひと手間をかけるのは大変だったが、良子はスープを飲むようになんとか流し込んでいた。

その後、経口摂取が徐々に難しくなり、A病院の内科外来で食道狭窄拡張術を受けることになった。内視鏡的に、バルーンを使って狭窄部を内から押し拡げるというものである。これで少しでも食事が摂れるようになってくれたらと、孝一はただそれのみを期待していた。

ところが、不運は続けて起こるものである。拡張手術中、再び食道に傷がついてしまった。その時はまだ分からなかったのだが、吻合部の局所再発により、組織がもろくなっていたらしい。麻酔で朦朧《もうろう》としながらも、我慢強い良子がかなり痛がっている。

術後、良子は痛み止めを使って一晩耐え続けたが、朝になっても状態は変わらない。さすがに医師も異常を感じたのか、至急で胸部レントゲンを撮った。結果は孝一が懸念したとおり、左胸腔内に液が溜まっており、食道穿孔したことが判明した。直ちに絶食、絶飲、絶対安静となり、中心静脈栄養を行うとともに、感染防止の抗生剤が投与された。

しかし良子は熱が上がり、白血球は急激に増えて膿胸の状態となった。

翌日には外科転科となり、胸の側面に穴を開けて膿を排出させる「持続的胸腔ドレナージ」が行われた。良子の洗濯板のような胸の肋間に、直径五ミリくらいのチューブが突き刺さっているのが痛々しく、孝一は見るに忍びなかった。

次から次、どうして良子にだけ不運が降り掛かるのだろう。落ち込むなと言われても、孝一は落ち込む。

その後も熱と痛みは続いた。膿を外に出しながら、穴が塞がり、膿胸が収まるのを待つしかない。最終的に考えられるのは食道の再建だが、難しい手術で、膿胸が完治しないとリスクが大き過ぎるという。

約一カ月後、良子の膿胸は治癒に向かい、排出される膿もほとんどなくなってきた。やっとチューブが取れた。これで痛みも収まってくるはずだ。

チューブの抜去ができたことから、経鼻栄養が始まった。少しでも腸から栄養を取るためである。

ところが、どうしてこうなるのだろう。経鼻栄養が良くなかったのか、ドレーン（誘導管）を抜くのが早過ぎたのか、良子は肺炎を起こしてしまった。経鼻栄養は中止となり、抗生剤の投与が始まった。

一週間後、経過は良好で、水を飲むことができ、流動食ののち全粥《ぜんがゆ》が食べられるようになった。大きな代償を払ったが、今回の処置で食道の狭くなっていたところが少し開いたのかもしれない、このまま順調に食べられさえすれば、少しずつ体力も付き、元気になってくるだろうと、良子も孝一も希望をもった。

入院日数は約二カ月である。

だが退院はしたものの、やはり思うように食事は摂れない。軟らかめのものをさらにミキサーにかけ、流動食のようにするのだが、それでも極々少量がかろうじて通っている状態である。具を濾した味噌汁でさえスムーズには入らない。

体重も少しずつ減ってきている。

良子はB病院の検診を受け、翌日から再び入院することになった。この入院は、摂食不良に対する栄養療法と、吻合部《ふんごうぶ》の再建手術を念頭に置いたものだった。

仕事が終わった孝一がいつものようにB病院へ行くと、病室に入る前、ある看護師に呼び止められた。孝一だけに話があるという。

通された部屋には、岩倉医師と二人の看護師が待っていた。

「結論から申し上げますと、再建手術は中止ということになりました。胃カメラのときに行なった組織検査で癌組織が確認され、再発と考えられます」

孝一は不思議と、さほどショックには思わなかった。いつかこういう時が来るだろうと心の隅で覚悟していた。むしろ、予想していたとおり、悪い予感が当たってしまったとすら思ったほどである。

「ご本人には後日正式にお話しますが、その前にご主人から、それとなく話していただけませんか」

再発したことは、孝一が告げることになった。

良子は、孝一がすでに病院に着いていることを知っている。窓から、駐車場に入ってくる孝一の車を見ていたから、顔を見せるのが遅いなと訝《いぶか》しく思っていたはずである。

孝一は病室に行き、「廊下でも歩いてみようか」と良子を誘って部屋を出た。

病棟の突き当たりに、ガラス張りの見晴らしのいいところがあり、そこに籐の椅子がある。二人はそこに並んで座ったが、孝一はどう切り出そうかとしばらく言い淀んでいた。

「何か話があるんじゃないの？」

良子はいつもと違う孝一のようすから、そう思ったようだった。

「うん……」

言いにくいが、手術が中止になったことを伝えるには、真実を言うしかない。

「このあいだの検査で癌の再発が発見されたと、さっき先生から聞いた。手術は延期になったらしい」

孝一は思いきって言ったが、さすがに「中止になった」とは言えなかった。

しばらくの間を置いて良子は言った。

「えェ〜、そしたら私、死んでしまうじゃない……」

良子は冷静さを装おうとしたのか、むしろ静かな言い方だった。うすうす感じてはいたかもしれないが、言葉にして聞かされると、ほかに言うことばが見つからなかったとでもいうように呟いた。

その言葉は、良子が思ったであろう以上に孝一の胸に鋭い棘《とげ》のように突き刺さった。狭くなっているところを除けてしまえば、また普通に食べることができ、元のように元気になれると信じきっていたのが望みを絶たれたのだから、良子にとってショックでないわけがない。孝一が、手術だけが治療じゃない、別の治療法に変更するだけなのだとムキになって言うと、表面上だけかもしれないが、良子は取り乱すでもうろたえるでもなく、その事実を受け入れたようだった。

根治の可能性は薄くなったが、反面、危険な手術だという怖さがあっただけに、当面の危険は避けられたという安堵感もある。孝一は複雑な心境だった。

これ以降、良子は内科へ転科し、化学療法、いわゆる抗がん剤治療を受けることになったと主治医から告げられた。二人とも無言だった。方針に従わざるを得ない。言うことばはなかった。

良子は、左手に中心静脈カテーテルポート造設術を受けた。退院後、通院で抗がん剤治療をするための処置である。

良子は体のだるさと食欲不振、下痢や腹痛に悩まされるようになった。副作用だからと諦めざるを得ないが、体重もさらに落ちてきている。気分も優れず、笑顔は見られない。

孝一は抗がん剤治療そのものに疑問を感じたが、良子はこれにすがるしかないと、一縷《いちる》の望みを託している。その健気さを見ると、とてもそのようなことは口に出せなかった。

だが、摂食不良、逆流（唾液、浸出液など）嘔吐、下痢、咳、低蛋白、栄養不良、体重減少、筋力低下が現れてきた。咳は、食物の通過が悪いために出るようになったものだった。

ついに限界となり、再びB病院へ入院。しばらくビーフリード（アミノ酸・糖・電解質・ビタミンなどが入った輸液）などによる経静脈栄養補給が続いた。

外科の医師から、今後についての話があった。

「口から食べて栄養を摂ることが難しいので、点滴か、経腸栄養にすることを考えています」

内科の医師も、

「退院して家に帰った場合、点滴は二十四時間継続となりますから、一日一回は看護師さんに来てもらわなくてはなりません。その点、腸瘻《ちょうろう》であれば、ラコール配合経腸液を一日三回注入するだけです」

と言う。

良子は「ちょうろう」と聞いたとき、なんのことか分からなかったので、

「ちょうろうって、なんですか？」

と尋ねた。内科医は、

「胃瘻《いろう》というのは聞いたことがあるでしょう？　おなかに開けた穴にチューブを通し、直接、胃に食べ物を流し込む方法のことですが、田辺さんの場合は胃を全摘していますから、腸に直接栄養を入れるというものです。半消化態のたんぱく質や脂肪、糖質、電解質、ビタミンなどが入っている経腸栄養剤を注入するわけです。一回二時間ほどかかりますが、空いた時間はもちろん動くこともできますし、ご本人ができるならご自分で入れられます。ご家族も対応できます」

と答えた。ただ、下痢をしやすいので、ゆっくり入れる工夫は必要だという。在宅でということを考えると、点滴よりは腸瘻のほうがいいと思う、とのことだった。

実は腸瘻は、延命の一手段に過ぎない。だがその時、良子も孝一も深くは考えず、ただ与えられた一時的な処置だから、いつかは元の状態に戻れるだろうと、なぜかそう思い込んだ。

こうして良子は腹に小さな穴を開け、小腸までカテーテル（管）を通す腸瘻造設術を受けた。翌日、まずは白湯《さゆ》、お茶を少しずつ腸瘻から入れ始め、一週間かけて慣らしながら、徐々に栄養剤に代えていった。点滴（経静脈栄養）中心から、腸栄養単独となってしまい、ついに良子は、食べ物を味わう楽しみがなくなってしまった。

入院日数四十九日で、退院。

これからは、在宅で経腸栄養（エレンタール）をすることになる。

約40〜50度の浄水３００mlに一袋を溶かす。これで３００キロカロリーである。一日当たり、四〜五袋をめどに腸瘻から入れる。

通常一度に６００mlを経腸用バッグに入れ、レンタルしている経腸栄養用輸液ポンプを使って、決まった流量で注入する。これが空になるのに四時間かかるから、毎日八〜十二時間かけて栄養を摂ることになる。

時間を短縮しようと速度を上げれば、腸に負担をかけて吸収がうまくいかず、下痢や吐き気を起こすため、これ以上の速さでは入れられない。

もう日常生活には程遠い、ただ命をつなぐだけの処置である。

この頃、良子は胸と背中の痛み、経腸栄養のために起こる下痢と吐き気、腸瘻チューブの入っている箇所の化膿などに苦しんだ。痛みなどそれぞれの症状には、ロキソニン錠など数種類の薬を湯で溶かし、腸瘻で注入する。

人間の体は複雑で、微妙なメカニズムの一部が狂うと、次から次、予期しないところに障害が現れる。この頃から、良子にはこういった悪循環の連鎖が続き、ついぞ回復の兆しは見られなかった。

クリスマスの夜、八時頃、良子は風呂から出て、孝一を呼んだ。

「腸瘻のチューブが折れてしまったみたい」

孝一が見てみると、先端はなめらかで折れた気配はない。どうやら抜けてしまったらしい。プラスチックのコネクター（接続部品）が付いているので、おそらくその重みで体からスルッと抜けてしまったのだろう。それを防ぐために体表に付けられていたゴムのチューブ留めもなくなっている。

直ちにB病院に連絡すると、すぐに来るようにという。抜けた場合、時間が経つと徐々に腸瘻の穴が塞がってしまうらしい。

「おい、すぐ行くぞ！」

「ちょっと着替えるから待って！」

「そんなのいい！　それどころじゃない！」

九時過ぎに着くと、外科の当直医が対応してくれた。抜けたチューブを再挿入するという。

「さほど時間が経っていないので、なんとかなると思います」

だが、編み棒のような金属製のガイドを使ってルートを探るが、なかなかうまくいかない。時間は経っていく。そのうち二人の医師も来て、電話で主治医と話をしている。結局、このままでは難しいということで放射線室に移り、レントゲン透視下で行うことになった。

孝一は、撮影室の中へは入れないので放射線科の待合室で待つことになり、ガラス越しに良子のようすを見ていたが、待つ時間は長い。かなりの時間が過ぎ、日付の変わる頃、やっと入ったようだった。撮影台で横になったまま、良子がＯＫサインを作って微笑んでいる。良かった。うまくいかなければ再手術だ。

気が付けば、主治医の顔も見える。深夜にもかかわらず全員の医師が来てくれたようで、孝一は感謝した。

「発熱などの可能性がありますので、念のため今日一日だけ入院してください。すぐに来てくださって本当に良かったです。時間が経つほど難しくなるので……」

主治医はその言葉に加えて、孝一にだけ話があると言う。

「最近の検査データに現れているのですが、奥さんはかなり厳しい状態になりつつあります。今すぐどうこうというわけではありませんが、末期の段階に入ったと思っていてください」

予期せぬ言葉であった。この時点でそれを言われるとは思っていなかった。

午前一時過ぎ、孝一は良子を預けて帰宅した。

翌日、採血の結果が良かったので一泊二日の入院で済み、良子はパジャマ姿のまま帰った。

良子は、経腸栄養でカロリーを摂り、胸と背中の痛みは溶かしたロキソニンでなんとかコントロールしていた。

そうした中、朝方、鳩尾《みぞおち》のあたりが痛いと言い出した。

「なんか、今までの胸の痛みとは違う」

しばらくようすを見ていたが、痛みは取れるどころかますます激しくなる。急遽、連絡の上、B病院へ連れて行った。

中央処置室でその日担当の内科医の診察を受け、レントゲン、CT、血液検査などが行われた。

そのあいだ、痛み止めの点滴を受けていたが、良子はずっと痛みを訴え、苦しんでいた。

結果が分かったのは夕方になってからだった。

「イレウス（腸閉塞《ちょうへいそく》）ですね」

上は、胃癌手術の吻合部が局所再発により狭窄しており、下は腸瘻手術のあたりが詰まり、消化液（腸液）などが溜まって腫れている。痛みはそれが原因だという。狭窄の原因は手術による癒着《ゆちゃく》、腸捻転、癌などが想定されるとのことで、いずれにしろ緊急手術が必要なため、即入院となった。


外科の医師から手術の説明があった。

「このような場合、まずは口からイレウス管を入れ、液を抜くんですが、奥さんは食道狭窄のためそれが不可能で、緊急手術以外に方法がありません」

開腹してイレウスの原因を取り除くわけだが、その際、場合によっては、癒着剥離術《はくりじゅつ》、腸の一部切除、腸瘻造設（造り直し）の必要性があるかもしれないという。緊急手術なので通常の手術よりリスクは高く、特に良子の場合、抗がん剤によって免疫力が低下しているため、命に関わることもあり得るとのことであった。

孝一は一瞬怖くなったが、痛みに耐え兼ねている良子を目の当たりにして、選択の余地はない。危険を冒してでもお願いするより仕方ないと、同意書にサインをした。

術後、医師の説明によると、

「腸と腸のあいだに上部の腸が嵌入《かんにゅう》していました。そのため、腸液などの流れが悪くなり、次第に腸が拡張して、さらに流れを悪くするといった悪循環の状態になって、痛みの原因になっていました。引っ張り上げて腸を抜くと、ザッと下に流れたので痛みは取れるはずです」

という。後のことを考えると、腸の落ち込んでいたところを一部切除することも考えられたが、患者への負担が大きいことを考慮して、それは行わなかったという。しかし、そのことで再び同様のことが起こる可能性は否定できないとのことだった。

良子はこのあと、入院日数二十日で退院した。

家にいる良子はやっぱり嬉しそうである。病院にいる時と違って表情が明るい。

しかし退院とはいっても、完全に良くなって帰ってきているわけではない。むしろ、入退院を繰り返すたび、事態は悪くなっており、そのつど、なんとか自宅療養も可能であろうということで退院になっているに過ぎない。

良子は腸瘻により、栄養の摂取はもちろんのこと、水分の補給、薬の投与など、通常、何気なく食べたり飲んだりしていることすべてを細いチューブを通して行っている。

しかし、栄養の経口摂取は仕方ないとしても、食べる楽しみまで取り上げるのは余りにも不憫である。誰でも美味しいものは楽しみたい。しかも近頃のテレビ番組ときたら、グルメ情報とか、食べ歩きとか、食べ物ばかり出てくる。

孝一はいっそ割り切ろうと考えた。カロリーは腸栄養で摂れる。良子には食べ物の味だけを楽しませ、吐き出させることにした。ステンレス製のダストボックスにナイロン袋を何重にも入れ、吸収力のある小さく刻んだ紙類を敷いて、味わった後、そこに吐き出すのである。

美味しければ飲み込みたい。自然な生理的欲求であり、何十年もしてきた反射的な行為だから、食べたものを吐き出すのはさぞかしつらいだろうし、食べているという実感もないだろう。だが良子は、そういう素振りは一切見せず、「美味しいっ！」と言って、いつも孝一を気遣った。

経腸栄養（エレンタール）の前後には、水分補給とチューブの詰まり防止を兼ねて50mlくらいの白湯を入れる。また、胸の痛みにはロキソニンを粉末状にしたものを溶かし、チューブから投与する。

良子には右脇腹の皮下にうずらの卵くらいのしこりがあり、がんの転移か膿瘍《のうよう》ではないかと説明されていた。その痛みには湿布薬を貼り、なんとか紛らわせていた。また、胸の痛みと関係しているのか、「肩が凝って凝って……」と盛んに言うので、孝一は毎晩、良子の体をさすっていた。骨と皮だけの触感が手のひらに伝わってくる。

孝一はいつも二つのポットを用意し、一方はお茶を淹れたりするために98度に、もう一つは薬を溶くために60度に設定してある。

最初に、６００ml溶解用ボトルに４００mlくらい60度のお湯を入れ、ＯＳ１（電解質補給用の経口補水液）を足して５００mlにする。これで温度が40度くらいになるので、そこに二袋のエレンタールを溶くと全量約６００mlになり、温度もほぼ体温と同じくらいになる。それを、輸液用バッグに入れ、途中のエアーを抜き、輸液ポンプを通して良子の腸瘻のチューブにつなぐ。冬場はチューブの中で冷たくなってしまうので、最後のところで体に付けているホッカイロをくぐらせる。

注入速度は、良子の体調を見ながら決める。早く終わらせたいが、速過ぎると腸の負担が大きくなり、下痢をするので、一時間あたり１００mlくらいで入れる。

六時間かけて６００キロカロリー。時間をあけてこれをもう一度繰り返し、一日当たり１２００キロカロリーとなる。

食事でも毎日同じ量を食べないのと同じく、極力良子に負担がかからないよう、ようすを見ながら日によって量を変える。

ロキソニンは約六時間おきに、エレンタールを一時止めて、やはり腸瘻から入れる。薬局で溶けやすいように粉末状にしてもらったものを溶かし、液状にしてシリンジ（注射筒）で注入するのである。この時も前後で白湯を通し、チューブの途中に残らないようにする。

このようにして、なんとか家での生活もできていた。ポータブルの輸液ポンプは持ち運びができるので、良子は自分でトイレにも行けるし、台所に立つこともできる。以前と比べて外での動きは制限されるが、部屋の中では注入しながら長椅子でテレビを見たり、読書をしたり、それなりの時間を過ごす。エレンタールが外れると、良子は庭に出たりしてつかの間の自由を楽しんでいた。

入浴のときは腸瘻に蓋をし、バーミロール（皮膚に優しいサージカルテープ）で防水をして湯船に浸かることもできる。入浴後は、腸瘻の入り口に化膿止めのゲンタミン軟膏を塗り、チューブが抜けないよう粘着包帯で固定する。

そして、入浴後は二人で長椅子に座り、静かなひとときを過ごす。

良子は、退院してひと月経った頃から、時々黄色い胆汁のようなものが上がってくるようになり、逆流性食道炎のような胸焼けが出てきた。やはり、腸閉塞まではいかないにしても流れはよくないのか。この頃から、膵液《すいえき》を中和するフォイパン錠と吐き気止めのプリペラン錠を常用することになった。下痢も相変わらず続いている。

体重も減り続け、元気だった頃の半分、二十七kgほどしかない。

良子は暑い夏は乗り切ったが、秋口になって全身のかゆみを訴え始めた。口内炎にもなった。ひとつ狂い始めると、さまざまな症状が出てくる。それらに対しても、そのつど対症療法しかなく、入浴後、全身にベギン軟膏を塗る仕事がまたひとつ増えてしまった。

さらに、秋になると足にむくみが出るようになった。朝起きると、どちらかの足がパンパンに腫れている。しかし起き上がって少し動いていると、引いてくるといった状態であった。

また、上がってくる胆汁に、時として血液が混じるようになってきた。食道の粘膜がかなりやられているのかもしれないと、孝一は思う。

胸や背中の痛みの度合いも増してきた。六時間おきのロキソニンでは効かなくなり、アセトアミノフェンとトラマールカプセルが追加された。アセトアミノフェンは微細だが顆粒状で溶けにくく、やや熱めのお湯で時間をかけて溶かし、そのあとロキソニンと、カプセルから粉末状の薬を取り出したトラマールを溶かす。

これを孝一は、多い時には、二、三時間おきに注入した。寒い冬の夜などは、正直つらい気持ちもないではなかったが、良子は痛みに苦しんでいる。薬の効果が表れてくるまでの二、三十分、孝一は横になりながら洗濯板のような良子の背中をさすった。

手術して九年。一時は完治したかに思えるほど元気になり、思い出づくりのために海外旅行まで楽しんだほどだったが、七年経ってガンが再発し、新たな闘いに明け暮れた。

良子の身体は衰弱し、体重も二十七kgにまでに落ちたから、当然筋力は落ち、動作も緩慢で、立ち上がるのにも手助けがいる。同時に、頭の働きにも影響するのか、かつてのようなシャープさがなく、別人のような印象のときすらある。孝一はそんな良子の姿を見ていると、時々きつく当たってしまい、そのつど反省するのだが、それというのも痛々しい姿が不憫で、もって行き場のない口惜しさを抑えきれないのである。世話する労苦は思わない。とにかく、哀れな姿を見るのが何よりつらい。

四月末、良子はまた腸の通りが悪くなり、嘔吐するようになった。腸栄養による負担が大きく、腸が悲鳴を上げているのかもしれない。しばらく腸を休めるために経静脈栄養に切り替え、元の状態に戻れるまで入院することになった。

痛み止めも種類や容量など、状況に応じていろいろ変わっている。モルペス、オプソなど、モルヒネ関連の薬に代わっていった。

五月末には、嘔吐物が気管に入ったのか、誤嚥性《ごえんせい》肺炎を起こした。

B病院は、経腸栄養は限界だとの結論を出したのか、経静脈栄養に切り替えるためのポート埋め込み手術をすることになった。首の近くに造設するという。家に帰るために最後に残された方法だが、そうなると在宅医療先を探さなくてはならない。

良子はその後も一進一退を繰り返し、苦しい状況が続いた。日に日に嘔吐する回数が増え、黄色い胆汁のようなものから、時には緑から黒に近い液を吐いている。腸液だということである。腸瘻の上部に狭窄があって腸閉塞が進み、行き場のなくなった腸液が上がってくるのだった。

孝一はそのたびに、良子を起こして座らせる。

ある日、良子はベッドの向こう側に足を垂らし、坐っていた。孝一はいつものように後ろから痛がる背中をさすっていた。しばらくすると良子は、「もういいから、こっちに来て」と言って孝一の袖を引っ張り、頭をすり寄せてきた。不安と寂しさを隠し、じっと我慢してきたのだろう。孝一は前に回り、左手で良子の頭を抱いて懐に包むようにし、右手で背中をさすり続けた。孝一は立っているので、横腹のあたりに良子の顔があり、温もりが伝わってくる。
二人ともずっと無言だった。
そのとき孝一は、両手で思い切り良子を抱きしめてやりたかったが、そうしてしまうと良子がワッと泣き出してしまいそうで、懸命にこらえた。一度感極まってしまうと、二人とも堰を切ったように収拾がつかなくなるに違いない。お互い、そのことが分かり過ぎるだけに、涙をのみ込まざるを得なかった。

この数日後、良子は死んだ。

ついぞ、二人とも踏み込んだことは口にせず、終わってしまった。孝一は、〈何か、言いたかったのかもしれない……。寂しかったのだろう。怖かったのだろう〉と思うが、相手を思いやる気持ちが、お互いそうさせた。

良子が亡くなってから数カ月経ったころ、孝一に不思議な現象が起こり始めた。台所に立つと、わけもなく涙が溢れてくるのである。自分でもどうしてだかわからない。理由も原因もまったく分からない。

男手で握る包丁仕事が侘しいわけではない。不自由さを感じてのことでもない。台所で感じる良子の残像か？　もちろんそれも考えてみた。いや違う。何かを考えてとか、何かを思い出してとかいうわけでもない。じわっと出てくる〝現象そのもの〟としか言いようがない。

だが孝一は、何カ月か経ってから、なんとなくその理由に気付いた。良子が自宅療養していたころ、孝一は床に伏す良子を背後に感じながら、毎日、この台所で腸栄養剤や痛み止めなどを調合していた。

寒い冬の深夜、ここに立ち、「ちょっとだけ待ってね」と、痛みに耐えながら辛抱している良子に心の中で呟き、薬を入れる作業を急いだ。

ここは、すべてを諾《うべな》わざるを得ない、現実を思い知らされるそんな場所になっていた。孝一は気が付かなかったが、ここに立つとその時のあの空気がよみがえってくる。……良子の前だからこそ耐え忍んできた。もう我慢する必要はない、誰憚《はばか》ることもない。良子がいなくなり、気が緩んだ今、勝手に涙が滲《にじ》んできたのだ、ということに気付いたのである。

孝一は良子の死後苦しんだ。さまざまな後悔に苛まれた。

ところがある朝、不思議な現象を体験した。

まだ日が昇る前の早朝、孝一は夢を見ていた。いや、夢ともいえない不思議な状態で、頭ははっきりと覚醒しており、布団で横になっている自分の姿も認識しているのに、目を閉じると瞼の裏側に良子の姿が浮かんでくる。しかも、若い頃のはちきれそうな笑顔の良子である。例えて言えば、8ミリフィルムの映像のように、右から左に細切れに流れていく。完全に目が覚めていれば思い浮かばないような、昔の楽しかった一コマ一コマが鮮明に映し出されてくる。

自然に孝一は微笑んでいた。頬の筋肉が緩み、嬉しそうに横になっている自分を天井から眺めている。

だが覚醒がまさって目を開けてしまうと、その映像は一瞬にして消えてしまい、目を閉じると、また8ミリフィルムは回りだし、昔撮った写真の画面がスポット状に出てきて、しかも一部は動画に変わる。

睡眠と覚醒の中間状態――これを白昼夢とでもいうのだろうか。

孝一は嬉しくなった。良子に会える方法があるではないか！

こうして孝一は、最後の弘前城に二人して行くことができた。これで、現存天守十二城、全部に行ったことになる。

そして良子にも間違いなく会った。あの笑顔も昔と同じだったし、実際に会話も交わし、お互い、以前と変わっていないことを確かめ合えた。

起こってしまった事実は仕方ない、諦めではないが、現実のこととして受け入れなければならないのを良子も理解していた。それを知れたことが、孝一のせめてもの心のやすらぎになった。

どちらかが未練を残し、どちらかが納得できずにいれば、けじめをつけることができない。住む世界が違うのだから仕方ない。受け入れた上で、お互い別個にやっていく気持ちになれ、めどが立ったことを悟れたのが、今回の旅行の最大の収穫である。


日常が戻ってきた。

昨夜は我が家に帰ってきたという安堵と疲れのためか、朝までぐっすり眠った。もう午前十時を過ぎている。

〈今日は、旅行の余韻を楽しみながら、チケットや写真の整理をしよう〉

そう思いつつ、孝一は朝食を済ませることにした。朝食といっても、もう朝昼兼用である。

以前、炊いておいて凍らせてあるご飯が残っている。いつものように解凍して温め、卵かけご飯をつくった。あとは豆腐の味噌汁を作り、鮭を焼けば朝食のメニューは大体揃ったことになる。

鮭には大根おろしを添え、漬け物は浅漬けの素を使って普段から自分で漬けている。

食事の済んだころには、もう十二時近くになっていた。

旅行が終わると、良子は出発のときから順を追ってチケットや入場券、途中の買い物や食事の内容まで、いつも整理して記録していた。行き先を記した茶封筒に入れてまとめておくと、のちに見たとき記憶がよみがえってくると言っていた。

孝一はそれに倣《なら》い、今回からは自分で整理しようと考えた。

まずは青森までの航空券、伊丹経由の四枚のチケットをホッチキスで綴る。ホテルの領収書や、レシート類は時系列にまとめた。その日に食べたものなどは、記憶にあるうちに記録しておく。外食したものなどは、店の会計レシートを残しておけば、その時の買い物の光景までリアルによみがえってくる。

孝一は、出発の日からこの四日間を思い出しながら日付を記して保存していった。


写真の整理もしなければ……。写真は何よりリアルな想い出となる。

城を背景に、ここぞとばかり、良子の写真を沢山撮った。居合わせた人に頼んで二人一緒のところも沢山撮ってもらった。

だが、パソコンに取り込んで整理しようとデジカメを開いた孝一は、深い落胆の溜め息を洩らした。

〈やはり、そうか……〉

デジカメの中で確認しようと再生してみたが、良子の姿はまったく写っていない。景色しかない。天守と石垣だけが聳《そび》えている。

二人並んで撮ってもらった写真も、中央を少しずれた孝一が一人で写っている。良子がいたはずのところも白く抜けるわけではなく、後ろの景色がはっきりと写っている。

孝一は夢を見ていたという事実を、否応なく突きつけられた。むろん旅行中、これは夢だ、夢なら覚めないでほしいと何度も思ったし、いつ良子は消えてしまうのだろうとそのことばかり考え、少しでも長く一緒にいたいと、予定していなかった北海道にまで行った。

〈夢なら夢でいい〉

実際、もう五年も一人で暮らしてきたではないか……。冷静に考えれば、また元に戻るだけのことだ。

傍目には、未練を残して旅立った女がいて、それを悲しみ続ける男がいる。ただ単に不幸な男女がいると写るかもしれないが、二人にとってその経緯はもっと生々しく、真剣そのものだった。したがって後悔はないし、やり通した満足感すらある。

良子は癌が発見されて以降、約十年間で九度の入退院を繰り返した。日数にして延べ三百日余り。口にはしなかったが、さぞつらかっただろうし、よく辛抱したと孝一は改めて思う。その間、孝一も仕事をしながら一日も欠かさず病院通いをした。看病に、というより、ただ良子の顔を見たいから会いに行く、そういう感じだった。要するに孝一自身、そうしなければその日が終わらなかった。

家に帰り、風呂から出ると洗濯をし、晩酌を終えると、良子にお休みのメールをする。夜遅くゴミを出しに行き、夜空を見上げると寒空に月がくっきりと冴えている。あの空の下、町並みをずっと外れた郊外の病院で、良子は一人耐えている。同じこの世の空の下、二人は確かに存在し、会いたければいつでも会える。そう思うと、孝一は不思議と気がやすまり、すべてが思い通りにいっている時には見えなかったささやかな幸せに気付いた。寒々とした夜更け、寂しいという思いはなかった。明日も会える！　むしろその思いが孝一を慰めてくれた。

共に懸命に生きたが、結果はこうならざるを得なかった。今、心を占めるのは、諦観でもあり、達成感でもある。とどのつまり、どうしようもなかったのだ。できることがあれば、絶対に、必ずやっていたという自信が孝一にはあった。

夢でもいい。今度は、いつも良子が言っていた富士山にでも二人で登ろうか……。
誰もいない家で、孝一は一人微笑むのだった。

あとがき

文章を書いたことなどない私が、この短編集を上梓することになったのには、あるきっかけのようなものがあります。

七年前、私は二十年以上生活を共にしてきた妻を亡くしました。その時、つらい思いを忘れるため、運動をしてみたり、その他いろいろなことをやってみましたが、結局これといった役に立つものは見つかりませんでした。そんな中、唯一現実を忘れられたのが読書であり、ものを書くということでした。たまたま妻は長年日記のようなものを書いており、その記録を残しておくといった意味もあって、私は妻の死から数年後、追悼記を自費出版しました。その時、書くことによって現実を忘れることができると知ったのです。

しかしその後も同じような思いは続き、今度は何か創作してみようと思い立ち、出来上がったのが、この短編集です。

最初の「後悔」は、若いころに出合った、ある友人を思い出して書いたものです。大阪の中小企業で働く康男と達夫は、境遇や考えが似ており、二人とも今の自分の状況はけっして望んでいたものではないという焦燥感を抱えていたのですが、やがて二人の歩む道は大きく分かれていきます。〈何か一つ違えば、お互いまったく逆の人生を歩んだかもしれない〉という思いで創作したものです。

二作目の「屋号のない店」は、昔、何度か行ったことのある屋台の主人が、とにかく商売に似つかわしくない読書好きだったという印象が残っており、題材としたものです。読書をするのは、さまざまな事情を抱える客たちと関わり合いを持たない、無口な主人圭司の〝一つの方便〟でもあったのですが、ある女性客の話を聞いたことから彼の人生が大きく転換していきます。

次の「綾子」は、医師が主人公です。学生のころ、夫ある女性と恋愛し、女の子が生まれるのですが、二十年近くたったとき、その見知らぬ自分の娘と主人公は、白血病患者とその専門医という形で再会します。我が子を助けるために何ができるのか、さまざまな葛藤に苦しむ医師の姿を描いたものです。

最後の「妻と行く城」は、一カ所だけ行っていなかった現存十二城の城を、妻と二人で訪れるといった話なのですが、夫の孝一はなにか落ち着きません。妻がいつもいなくなるか気が気ではなく、旅行を終えるころ、それは現実のものとなります。

最初は、そういった筋立てだったのですが、編集者の勧めもあり、以前書いていた追悼記の一部を取り入れ、孝一が妻の闘病と介護の日々を振り返ることで、一つの境地にたどり着くという物語にしました。


妻は胃癌で亡くなりました。

最後は、局所再発のため食事が摂れなくなり、〝腸瘻《ちょうろう》〟で命を繋いでいましたが、最終的には痩せ衰え、飢餓で亡くなったのではないかと思ってしまうような状態でした。

「妻と行く城」には、そこまで生々しくは出していませんが、この治療の厳しさの一端を感じ取っていただければと思います。


実は、「あとがき」をここまで書いて、自分でも意外なことに気がつきました。四編とも、まったく意図していたわけではないのですが、すべて人の死にまつわる物語だったので愕然としたのです。それは、私自身が長年妻の介護をしていたからなのか、意識していないだけで、日常の人生の背後にはいつも死というものが存在しているからなのか、ふと考え込んでしまいました。

しかし、それは生ある者すべてについて回るものであり、誰一人免れ得るものではありません。人にはそれぞれ、生きる喜びや生きる苦しみがあるように、死にも物語があって良いのではないかと思い至りました。

これらの物語は、みな頭の中でつくったもので、こういうところが創作の楽しいところかもしれません。なかには、そんなことが本当に起こり得るのかと、荒唐無稽に思われるところがあるかもしれませんが、創作ということでお許しいただければ幸いです。

さまざまなことがあり、なんとかこのたび、出版にこぎつけることができました。内容的には素人の域を出ていませんが、寛容な心で読んでいただければと思います。

今回、アトラス出版の中村英利子さんには、編集面からいくつかのアドバイスをいただきました。ここに御礼を申し上げます。

河村　圭

二〇二一年夏

短編集　妻と行く城

2021年8月12日　初版第1刷発行

著　者　河村　圭

発行人　中村 洋輔

発　行　アトラス出版

〒790-0023 愛媛県松山市末広町18-8

TEL 089-932-8131　FAX 089-932-8131

HP http://userweb.shikoku.ne.jp/atlas/

E-mail atlas888@shikoku.ne.jp

印　刷　株式会社シナノパブリッシングプレス